U0960480

李天飞精讲

西游记

1

让孩子爱上经典

李天飞 著

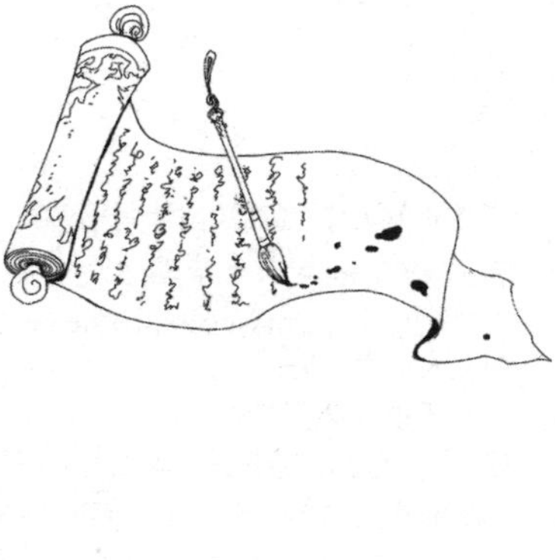

GUANGXI NORMAL UNIVERSITY PRESS
广西师范大学出版社
·桂林·

李天飞精讲西游记
LITIANFEI JINGJIANG XIYOUJI

出版统筹：张俊显
品牌总监：耿　磊
选题策划：耿　磊　霍　芳
责任编辑：王芝楠　霍　芳
美术编辑：卜翠红
营销编辑：杜文心　钟小文
责任技编：李春林

图书在版编目（CIP）数据

李天飞精讲西游记. 1 / 李天飞著. —桂林：广西师范大学出版社，2020.4
（让孩子爱上经典）
ISBN 978-7-5598-2405-9

Ⅰ. ①李… Ⅱ. ①李… Ⅲ. ①《西游记》研究—少儿读物 Ⅳ. ①I207.414-49

中国版本图书馆 CIP 数据核字（2019）第 273102 号

广西师范大学出版社出版发行
（广西桂林市五里店路 9 号　邮政编码：541004
网址：http://www.bbtpress.com）
出版人：黄轩庄
全国新华书店经销
保定市中画美凯印刷有限公司印刷
（保定市西三环 1566 号　邮政编码：071000）
开本：880 mm × 1 240 mm　1/32
印张：4.75　插页：1　字数：65 千字
2020 年 4 月第 1 版　2020 年 4 月第 1 次印刷
印数：0 001~6 000 册　定价：28.00 元

如发现印装质量问题，影响阅读，请与出版社发行部门联系调换。

序

一本靠谱的书

《西游记》是一部内涵超级丰富的书。丰富到什么程度？已故北大著名学者吴组缃曾经半是玩笑半是认真地说，如果中国的书只能留下一部，那么这部书就应该是《西游记》，理由是在《西游记》中，中国文化生长性的要素无不具备。

也确实如此。在中国所有的文化典籍中，《西游记》所具有的文化活力可以说是无与伦比的。它仰之弥高，钻之弥坚，无论你的人生进益到何种程度，它都依然能从上方照耀你；它内涵丰富，经得起全方位的解读和挖掘，从贩夫走卒到文人学士，深者得其深，浅者得其浅，都能从中得到自己所需要的东西。它是中国最大的IP，它自我生长，自成世界，虽经数百

年而历久弥新，从来就没有从中国人的视野中消失过。

所以，作为一个中国人，我们都需要阅读《西游记》，了解《西游记》。也正是这个原因，教育部才把《西游记》放进了小学阶段所必须阅读的经典书目。这个决定当然是正确的，不过，对于一个小学生来说，阅读和了解这样一部产生于几百年前、内涵又超级丰富的著作，还是要跨过一些门槛的。这里有语言的门槛，因为《西游记》虽然也算是“白话”，但毕竟是古代的白话，和今天的语言习惯不尽相合；这里也有文化的门槛，因为《西游记》虽然也算是“通俗小说”，但里面的文化点太多，有的内容比如一些宗教文化也太艰深；这里还有意志力的门槛，因为人类进化了几十万年，有文字不过才几千年，所以阅读其实是一件反本能的事情，对于绝大多数少年儿童来说，阅读这样一部几十万字大部头的著作，也还是一件令人望而生畏的事情。

所以，我们需要一个帮助我们跨过这些门槛的阶梯。

这是一个刚需。为了满足这个刚需，市场上涌现了大量的《西游记》导读类图书。数量之大，品类之多，真是“乱花渐欲迷人眼”。在这作者可车载斗量、种类可汗牛充栋的书籍中，我们怎样进行选择呢？

标准其实只有一个，那就是“要靠谱”。

摆在你面前的《让孩子爱上经典 · 李天飞精讲西游记》，就是这样一部靠谱的解读《西游记》的作品。我与天飞是忘年之交，他富有才情、趣味高雅，不故作惊人之语，而自有雅人深致。他是中华书局版《西游记》的校订者，对《西游记》所下功夫之深、掌握资料之全面，当世罕有其比；他还出版过《万万没想到〈西游记〉可以这样读》等解读《西游记》的作品，见地之精、文字之流畅，也是出类拔萃。这样一个靠谱的、爱惜羽毛的人推出的作品，您尽可放心地将它放到孩子的手中。

韩田鹿

2019 年 12 月 5 日

前 言

《西游记》这部书，是中国古代最著名的神魔小说，几乎所有的小朋友都听过其中的故事，或者看过和它相关的电视剧、动漫、电影，不知有多少小朋友喜欢孙悟空，喜欢里面各种神通、法宝。这六册《让孩子爱上经典·李天飞精讲西游记》，就是《西游记》的改写本。

改写名著，往往是个吃力不讨好的活儿。因为名著本身足够有魅力，阅读原文，体会文学作品的原汁原味，这是任何改写本都无法替代的。

但是，《西游记》从写成到现在，已经经过了 400 多年。原著和今天的语言，毕竟有了很大的距离。《西游记》的原文约 80 万字，部头太大，一般的小读者通读全书很困难。这就需要一个简洁的改写本，引导小朋友们迅速了解西游故事的大概。

《西游记》原著里，有很多谈禅讲道的文字，小读者读起来很吃力，比如第三十六回，作者几乎用了两千字的篇幅让师徒四人各抒己见，谈论对修炼的理解。这些看上去玄之又玄，其实多是故作高深，对理解全书并没有什么太大的价值（深入的学术研究除外）。我小时候读到这些，都是跳过去的。

还有，《西游记》的文本，毕竟是起源于民间说唱，里面有很多韵文、套话。比如孙悟空和妖怪打仗前，经常喜欢说一大段韵文，夸耀自己的身世，这些在艺人表演的时候是很有必要的（比如帮助听众回忆故事前情），但在阅读的时候，对情节的发展实在没什么用处。

鉴于以上原因，对名著进行适当的改写和缩略，还是有必要的。小朋友们在读原著之前，先读一个简单易懂的改写本，看上去多读了一部书，其实反倒省时省力。因为“磨刀不误砍柴工”，好的改写本就像一部“攻略”，能够引导小读者更顺畅地阅读原著。事实上，我小时候就是先读一本薄薄的《西游记》改写本，然后接触原著，才不感到吃力。

我小时候喜欢读《西游记》，长大后又研究《西游记》。这部改写本，就是应广西师范大学出版社的邀请所作的。

我原以为这件事很简单，但是在工作过程中，逐渐改变了看法。因为改写并不是对原著的简单概括，也不像给电视剧撰写分集剧情，而是一种再创作，需要充分掌握原著的文学特色和知识结构，在改写中去其芜杂，保留精华。

这部改写本有这样几个特点：

第一，这是一个完整的改写本。有些改写本为了压缩篇幅，付出的代价是大量删除原著中的故事。这个改写本保留了原著的全部故事，从孙悟空出世、闹天宫、闹地府，到取经缘起、唐太宗游地府、唐僧取经路上的四十多个故事，甚至通常被当作附录处理的唐僧出身的故事，都经过适当的剪裁，一个不漏地编了进来，只是详略有差别。有时候，某些故事太过简短，就和其他故事合并成一章处理。

第二，这个改写本注重保持原著的语言特色。《西游记》原著的语言特点是幽默风趣、生动活泼，例如平顶山莲花洞猪八戒巡山的故事、孙悟空假扮老奶奶进洞的故事，隐雾山小妖抛人头的故事，都用了极具幽默特色的文字，改写本坚持对这些著名桥段决不过分删减的原则，保留了原著的特色。

第三，这个改写本注重保持原著的人物性格。《西游记》里孙悟空的机智勇敢，猪八戒的懒惰自私，沙僧的忠实厚道，原著中表现这些人物性格的文字，改写本中一律保留。例如孙悟空被青狮精吃到肚里，和三个妖怪斗嘴，体现了孙悟空调皮捣蛋，却又机智勇敢的性格。又如孙悟空假扮牛魔王，占了红孩儿的便宜，沾沾自喜，是沙和尚提醒他，不要贪小便宜，要他赶紧去请菩萨。这段并不是主要情节，但体现沙僧识大体、明大局的性格。还有太上老君听说孙悟空要一千丸还魂丹，这位威严却小气的老君气得说："什么一千丸，二千丸，当饭吃哩！"这样的神来之笔都予以保留（只是把"当饭吃哩"改成更贴近现代口语的"当饭吃呀"），使小读者在读改写本的时候，也能大概领略到原著的人物风采。

第四，这个改写本注重保持原著的情感、气氛和思想深度。例如原著的最后，唐僧五众被加封了"旃檀功德佛""斗战胜佛"等称号，如果为了节省文字，把五个名号列举一下就可以了。但是如来佛把唐僧五众一个个地叫到面前，依次宣说其功绩，赐给封号，这种因为繁复而产生的庄严感是不能破坏的。所以改写本依然保留了原著的叙事结构。又如真假美猴王故事中，两个猴王打上西天，如来佛说："你们都是一颗心，快看，那有两颗心打过来了！"这句话实际上是整个故事的点睛之笔，点出了两个猴王争斗的寓意。这些内容，也是不能忽略的。

第五，这个改写本所删除的原著内容，遵循几个原则：1. 不利于表现原著特色的文字，甚至是原著的败笔，如唐僧在天竺国被招驸马时吟诗。2. 与情节发展无关的韵文、唱赞，以及大段引文，如乌巢禅师所授经文和唐太宗所作《圣教序》。3. 大段参禅悟道的文字，如比丘国国丈与唐僧的辩论。4. 与主线情节游离的故事，如五庄观中，福禄寿三星和猪八戒无意义的插科打诨。5. 色情文字。总的来说，原著写得越精彩的故事，就删得越少；写得一般的故事，就删得比较多。

第六，这个改写本在每章之后，还附加了一些对故事的解说，以及拓展的知识点，相当于“故事背后的故事”，便于小读者更顺畅地理解原文。比如佛教四大洲的世界观、须菩提祖师为什么打了孙悟空三下等。

第七，《西游记》中孙悟空出世、闹天宫、取经缘起、师徒齐聚这个部分，是有严格的逻辑顺序的。但是取经路上其余几十个故事，像一串珍珠串联了起来，先后顺序其实并不太重要（世德堂本《西游记》甚至留下了与更早版本的故事顺序不一致的痕迹）。所以应出版社编辑老师的要求，这六册中，前两册严格依照了原著顺序，而讲取经故事的四册并没有按照原著的顺序，而是按照战胜自然、社会百态、修炼身心、顽强斗争四个主题进行了分类。因为原著中的取经故事，大概也就

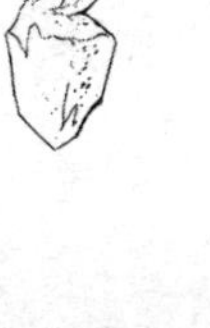

是这四类。比如，过通天河、过火焰山，都属于战胜自然的类型；朱紫国行医、比丘国拯救儿童，看似和妖怪斗争，其实反映的是社会百态；三打白骨精、真假猴王，本质上更像寓言，有修炼身心的用意；大战红孩儿、狮驼岭斗三魔等，师徒四人都遭受了很大的苦难，这些难以归类，主要在于表现取经路途的困难，所以归入了“顽强斗争”。这样分类，便于小读者更加深入地了解《西游记》故事。我在书后做了和原著顺序的对照索引，如果小读者想按照原著顺序阅读，对照索引翻阅也是可以的。

当然，虽然我这样“吹嘘”这部改写本，也做了大量的水磨工夫，但如果小读者看了这部小书之后，能够把它丢在脑后不再理它，而是拿起《西游记》原著来阅读，这才是我最大的愿望！

李天飛

2019 年 12 月 8 日

目录

第一章

惊天地 石猴出世

这是一个神奇的传说。

在最古老最古老的时候，没有天，也没有地，宇宙像个鸡蛋一样，混沌一团，没有白天黑夜，也没有上下左右。里面有一个大神，叫“盘古”，把这团混沌一下子分成两半，于是轻的上升，形成了天；重的下降，形成了大地。

盘古去世之后，又不知道过了多少万年，世界慢慢形成了四块大陆：东边的那一块，叫“东胜神洲”；西边的那一块，叫“西牛贺洲”；南边的叫“南赡部洲”；北边的叫“北俱芦洲”。

东胜神洲的海边有一个国度，叫“傲来国”。海里有一座山，叫“花果山”。这座山耸立在海中，远远望去，好像一根擎天的巨柱，高高地插入天空。

花果山的最高峰上，有一块大石头，高三丈六尺五寸，周长二丈四尺，好像一幢三层小楼一样。这个尺寸神奇极了，因为一年正好是三百六十五天，有二十四个节气。石头旁边除了有些奇花异草之外，没有什么树木。远远的，就能望见这块巨石矗立在山巅。

巨石在山顶上也不知道立了多少万年，并没有什么异样。突然有一天，石头中发出轰隆隆一声巨响，好似天崩地裂。那巨石不知为什么，一下子炸得四分五裂，从里面咕噜噜地滚出一个大石蛋。被风一吹，竟然变成了一个有五官、有四肢的石猴。

又过了一会儿，石猴慢慢地动起来了。突然，它抬起头来，双眼嗖地射出两道耀眼的金光，笔直地向天空射去！

天空的最高处，就是天宫。天上的神仙，就都住在天宫里。天宫的最高神是玉皇大帝，管理着天上、人间、地府三界。天神们正在朝见玉帝，猛然间两道金光射了上来，

把天宫映得透亮，众神大惊失色。

玉帝慌忙叫手下两个小神仙前去查看。他俩一个叫“千里眼”，可以看到千万里之外的景象；一个叫“顺风耳”，可以听到千万里之外的声音。

千里眼和顺风耳出了南天门，运起神通，一个听，一个看，探查了一会儿，回去禀报道：“陛下，是一块石头，因为受了日精月华，孕育了一只石猴，刚刚出生，还带着先天的神力，所以眼射金光。不过不会持久的，等它吃了人间的东西，喝了人间的水，金光就会消失，不要担心。”玉帝点点头，也就算了。

石猴要在人世间活下去，就要喝水吃东西，这样一来，它眼里的金光果然消失了，变成了一只普通的小猴子。不过，花果山里，还有许许多多的猴子，成群结队地生活。石猴很快加入了它们，慢慢地学会了行走跳跃、爬山上树，饿了就摘个果子吃，渴了就喝一口山泉水，就这样无忧无虑地，不知过了多少年。

有一天，天气特别炎热，石猴和群猴在松树的阴凉下避暑。猴子们的生活，快乐得很呢。只见它们一个个跳树枝、采鲜花；丢泥蛋、刨黄沙；抓石子，砌宝塔；赶蜻蜓、扑蚂蚱；扯葛藤，编草带；理猴毛，剔指甲；挨的挨，擦的擦；推的推，压的压；扯的扯，拉的拉。玩得不亦乐乎。

一群猴子玩了一会儿，就去山涧里洗澡。山涧里的溪水哗啦啦地流了下来，激流汹涌，白浪翻腾。

一个猴子洗着洗着，忽然说："咦，这股水是从哪里来的？"另一个猴子说："不知道。"又一个说："我们顺着山涧向上游走一走，把它的源头找出来，怎么样？"猴子们都喜欢热闹，一听就都嚷道："好呀好呀！走啊走啊！"

好家伙，这一嚷可不得了啦。就见它们拉着大猴，抱着小猴，喊哥哥的，叫弟弟的，欢腾地向山上跑去。

猴子们沿着山坡跑了很长的一段路，终于发现了溪水的源头。原来是一条又高又宽的瀑布，轰隆隆地从青黑色的石壁上倾泻下来。猴子们叫着："找到啦！找到啦！原来在这里！"

只见这瀑布好像一条白色的水帘一样垂下来，猴子是好奇的动物，七嘴八舌地说：“咦，这瀑布把石壁挡住了！”“对，后面不知道有什么。”“谁敢钻进去看个究竟啊？”

这瀑布的水流太猛了，所有的猴子你瞧我，我瞧你，可没有一个敢去，万一受伤了怎么办？

又听见有猴子喊道：“哎，谁敢进去看看再出来，而且不伤身体，我们就拜他为王，怎么样啊？”猴子们喊道：“对对！拜他为王！有敢去的吗？”

连喊了三声。忽然一个声音高叫道：“我进去，我进去！”大家抬眼一看，呀，就是那只石猴！

石猴慢慢地走到瀑布下面，爬到一个最高的地方，仔细看了看，估量了一下距离，把眼一闭，把身子一蹲。只听“嗖”的一声，石猴的身子穿过了水帘，跃到了瀑布的后面。

石猴耳边水在哗哗响，他慢慢睁开眼睛，抖抖身上的水一看，哟，这瀑布后面是个山洞，倒没有水，却有一座桥，敲一敲，竟然是铁的，是一座铁板桥。原来桥下是有水的，水流湍急，撞在山洞的岩壁上，冲溅起好高，然后从洞口流出去，形成了瀑布，把洞口遮住了。所以从外面既看不见洞口，也看不见桥头。

石猴向洞里一看，发现里面到处都是晶莹的钟乳石，圆润的石珠。洞内许多石锅石灶，石盆石碗，石座石床，竟然都是天然生成的。桥边还立着一块石碑，上写着十个大字："花果山福地，水帘洞洞天。"

石猴这可高兴坏了，这就是座天生的房子嘛！赶紧向外走，仍然闭眼蹲身，跳出水外，喊道："好极了！好极了！"

猴子们赶紧围上来问道："什么好极了？里面怎么样？水有多深？"石猴说："啊哈，没水，没水！原来是一座铁板桥。桥边有花有树，有石锅石灶、石碗石盆、石床石凳，是一座特别宽、特别大的石头房子。我们就是有上千只猴子也住得下。嘿！我们都进去住，省得受老天的气！"

猴子们听了，都十分高兴，嚷着说："你还先走，带我们进去，进去！"石猴喊道："跟我来！跟我来！"做了个示范，闭眼蹲身，跳了进去。胆大的猴子，就都跟着跳进去了；胆小的，一个个探头探脑，抓耳挠腮，大声叫喊，磨蹭了一会儿，也只好跳了进去。

这帮猴子发现了这样新奇的地方，那还了得！一个个抢盆的抢盆，夺碗的夺碗，占炉灶的，争床铺的，搬过来，移过去，吵的吵，闹的闹，直到折腾累了，才老实下来。

石猴等大家都安静了，就往一张石椅上一坐，开口说道：“列位！列位！你们到底讲不讲信用？”猴子们都围过来说：“讲信用，讲信用，当然讲信用！”石猴说：“既然讲信用，你们说过的话，算数不算数？”猴子们说：“算数，算数，当然算数！”

石猴说：“那就好，你们刚才可说了，有本事进得来，出得去，而且不伤身体，就拜他为王。我现在进来了又出去，出去了又进来，找了这样一个好地方给你们住，你们怎么不拜我为王？嗯？”

猴子们听了，都喊道：“对！对！我们说话算数，拜你为王！”于是就都在下面按年纪大小列起队来，朝石猴行礼，喊他“千岁大王”。

从此，石猴就做了这群猴子的猴王。后来，他不喜欢这个“石头”的“石”字，改叫“美猴王”。就这样，他和他的小猴们在花果山又无忧无虑地过了许多年。

有一天，小猴们在水帘洞摆开了宴席，吃吃喝喝，欢欢乐乐。忽然抬头一看，却见猴王在一个角落里坐着，默默地流下了眼泪。

小猴们慌忙围过来问道：“大王大王，你怎么了，怎么突然不开心了？”

美猴王叹了口气，说：“唉，开心是当然开心。只是想起一件很遥远的事情，所以有点儿发愁。”

小猴们又笑道：“大王你也太不知足了。你看我们住在这仙山洞府，天天快快乐乐，自由自在的，什么兽中麒麟，鸟中凤凰，人中国王，谁管得着我们？什么事这样发愁？”

猴王说：“是啊，是啊，你们说的都没错，我们现在是自由自在，没有人管。可是，暗地里却有一个东西管着。”

小猴们七嘴八舌地问道：“什么？”

猴王说：“那就是‘死’啊！我们谁都有死的那一天。等那天一到，我们该怎么办？可不白白在这个世界上走了一遭？”

小猴们听了，目瞪口呆，这个问题他们从来没想过。于是，就有猴子哭了起来。慢慢地，所有的猴子都大哭起来：“是啊是啊，大王说得对，我们都会死的！怎么办？怎么办？”

你也哭，我也哭，猴王也哭。大家正在哭着，忽然猴群中跳出一只通背猿猴，厉声高叫道：“大王，好好好！大王，好好好！”

大家吃了一惊，就都不哭了。原来通背猿猴是一种生来就很神奇的猴子，他的两条胳膊是连通着的，左胳膊伸长，右胳膊就缩短；左胳膊缩短，右胳膊就伸长，好像能在背上滑来滑去，这就叫“通背”。大家觉得，他一定懂得一些高深的道理，就都安静下来，听他说什么。

通背猿猴说：“大王，你能想到这一点，真是不容易！我告诉你，世界上有三种人是不会死的！”

猴王慌忙问道：“什么？还有不死的人？是哪三种？”通背猿猴举起长长的胳膊说：“是佛、仙、神！这三种人能够躲过轮回，不生不灭，与天地山川齐寿！”

猴王噌地站了起来，问道：“我要去找他们。他们都住在哪里？”通背猿猴说：“他们虽然住在这个世界上，却都住在仙山古洞里，可不好找。”

猴王低头想了想，对大家说道：“各位，我决定了，明天就下山，哪怕是走遍天涯海角，也要找到他们，学一个长生不老的办法回来！”

小猴们舍不得大王走，但是大家都知道，大王是要去做一件顶顶重要的事情。于是，他们摘了各种各样的果子，给大王送行。花果山上没有船，小猴们又折下许许多多的树枝，编成一只筏子。猴王带上一些果子，告别了他的小猴们，独自登上木筏，尽力撑开，向茫茫大海中漂去。

西游小课堂

四大洲的世界观

《西游记》里一开篇，就提到了“四大洲”。我们都知道，世界上有七大洲：亚洲、欧洲、非洲、南美洲、北美洲、大洋洲、南极洲。可是，为什么又有个四大洲呢？

原来，《西游记》里的四大洲不是真实的地理，它来自印度的神话。古代的印度人住在印度半岛上，北边是喜马拉雅山脉，东、西、南都是大海。当时交通不便，他们很难知道外面的世界是什么。所以他们就以为自己住在一块独立的大陆上，给这个大陆起名叫“南赡部洲”。你可不要念成“南赡－部洲”，而要念“南－赡部－洲”。“赡部”是印度盛产的一种大树。印度人想：既然南边有大陆，那么东边、西边、北边也一定有大陆。于是印度人就创造了四大洲的神话，说东边有一块大陆叫“东胜身洲”，西边的叫“西牛货洲”，北边的叫“北俱卢洲”[1]。四大洲的中心，是一座须弥山，天神都住在山上。四大洲漂浮在大海里，大海周围是一圈大山，叫“铁围山”。铁围山外面是什么呢？那就说不清楚了。

自然生人的神话

《西游记》中孙悟空是从石头里蹦出来的，这可不是作者突发奇想编的。在各种神话故事里，很多英雄都是从石头里蹦出来的。

民间传说大禹治水中的大禹就是从石头里蹦出来的，这块石头叫“昆石”。不但大禹是从石头里蹦出来的，大禹的儿子启，也是从石头里蹦出来的。传说大禹治水的时候，要打通轘辕山，就用神力变成一头大熊，在那里开山。他的妻子涂山氏已经怀了孕，但仍然每天坚持给他送饭。大禹怕涂山氏看见自己变成熊，就在山下放了一面大鼓，嘱咐妻子说："听见鼓声才可以送饭，否则不许过来。"有一天，大禹像往常一样变成熊，连拱带扒，用力地开山。忽然一块石头滚下来，咚的一声，正好落在鼓上。涂山氏听到鼓声，就来送饭，没有看到大禹，却看到一只巨大的熊，吓得扭头逃走，情急之下变成了一块大石头。大石朝北的一面破裂，禹的儿子启诞生了。

台湾高山族的泰雅人中，流传着这样一个神话，说有一个地方叫"宾斯巴干"，那里有一块大石头。有一天，石头忽然迸裂开来，里面有一个男孩，一个女孩。但他们太小了，爬不出来，有一只比勒雅克鸟飞来，把他们一个个地衔出来，放在地上。两人长大后结了婚，繁衍后代，就成了人类的始祖。

除了"石头生人"，世界各地还有各种类似的神话，从哪里"蹦"出来的都有，水、石头、洞穴、蛋、竹子、葫芦、树……"蹦"出来的，一般都是英雄人物，或者人类的始祖。神话学家们把这种神话归在一起，起名叫"自然生人"神话。

为什么会有这样的神话呢？因为石头也好，水也好，树也好，都是大自然常见的东西，所以是大自然的象征。《西游记》里说石猴是受了“日精月华”所生。太阳和月亮，是大自然里重要的天体。所以太阳和月亮的精华，其实也是大自然的象征。英雄人物从这些东西里孕育、出生，意思就是这些英雄都获得了大自然赋予的力量。这种力量，也是我们人类力量的源头。所以神话里的人和事，都是人世间各种事物的符号和象征。搞清楚神话里人和事的象征意义，是一件非常有趣的事——就像你在街上认车标一样。

①《西游记》里叫“东胜神洲”“西牛贺洲”“北俱芦洲”，是民间俗称，其实是错误的，而且也不能叫“四大部洲”，因为“赡部”是个音译词，不能拆开。

第二章

三星洞 拜师学艺

猴王撑着筏子，从花果山出来，借着东南风，朝着西北方的海面漂远了。

漂呀漂呀，不知遇上了多少惊涛骇浪，也不知过了多少日子，总算看到了陆地。

他划着筏子来到岸边，用竹篙试了试水深，发现已经到了浅水，就跳上岸来。哟，岸边有许多怪物在打鱼、打水鸟、掏蚌壳呢。这些怪物长得和花果山的猴子有点儿像，可又不太一样：身上没有毛，反倒穿着软软的东西，五颜六色的很好看。啊哈，原来这就是人类，那五颜六色的就是衣服。

他蹿上去，把眼一瞪，把牙一龇，吓得那些人类东奔西跑。有个跑不动的，猴王就一把将他揪住，把他的衣服扒了下来，穿在自己身上，才放他走了。

猴王也不知道去哪里，只好东游西逛，慢慢学会了说人话，一打听才知道，这里已经是南赡部洲了，和他的老家东胜神洲是两块不同的大陆。

南赡部洲是人类的世界。猴王走遍了大大小小的城市、集镇、村庄，想找个神仙，拜师学本领。谁知道找了八九年，连个神仙的影子都没见到。

他走啊走啊，有一天又走到一片汪洋大海的边上，这里已经离他上岸的地方很远了。一问，海那边是西牛贺洲，是另一块大陆。原来他已经横穿了整个南赡部洲。他想："也许海那边有神仙呢。"就依旧做了一个筏子，向大海深处漂去。

又不知遇上了多少惊涛骇浪，过了多少日子，总算上了陆地。他在西牛贺洲又找了好久，终于来到一座大山的下面。他看这座山又高大又幽静，心里很喜欢，就慢慢地爬了上去。

爬着爬着，猴王忽然听到树林里有人唱歌，再仔细一听，那人唱道："非仙即道，静坐讲《黄庭》。"猴王一下子来了兴趣："啊哈，'非仙即道'，不是仙人，就是得道之人。'《黄庭》'，我听说过，是一本专门讲怎么成仙的经书啊！这唱歌的难道就是神仙？"

他赶紧跑过去一看，原来是个樵夫，正拿着斧子砍柴呢。猴王赶紧上前行礼："老神仙，弟子有礼了！"

樵夫慌忙丢下斧子还礼："哎呀，不敢当，不敢当，我就是个砍柴的穷汉子，哪里是什么神仙？"

猴王说："你不是神仙？怎么刚才说又是仙，又是道，还会讲经，这不是神仙的话吗？"

樵夫哈哈大笑，说："原来你听见了我唱歌。嗯，我虽然不是神仙，这山里却真有个神仙。这座山呢，叫'灵台方寸山'，山里有座斜月三星洞。洞中有个神仙，叫'须菩提祖师'。他教出了好多徒弟，厉害得很。我家离他那里不远。刚才那歌儿，就是他教我唱的。"

猴王说："咦，你既然和神仙做邻居，怎么不跟着他修行？学点不老的方法也好呀。”

樵夫摆摆手说：“唉，我是不能学。我家里还有个老母亲，平时我得砍柴，挑到集上卖钱。我要是去修行了，谁来照顾我母亲呢？你快去吧。顺那条小路，向南走七八里就到了。”

猴王向樵夫道了谢，顺着小路走了上去，果然看到一座山洞。门前石碑上写着“灵台方寸山，斜月三星洞”十个大字。

明明到了神仙家门口，猴王不知怎么忽然紧张起来。他看了好半天，不敢敲门，跳到松树上，摘起果子来。

过了一会儿，只听呀的一声，洞门开了，走出一个清秀的小仙童，喊道：“外面是什么人？”

猴王赶紧跳下树来，鞠躬行礼说：“仙童，是我，是我，我是来拜师学道的。”

小仙童看了看猴王，笑着说：“刚才我师父正要开讲，就对我说：‘外面有个拜师的来了，你出去接待一下。’原来就是你啊。走，跟我进去拜见师父！”

猴王跟着小仙童，走进斜月三星洞。原来山洞里面大得很，竟然还有珍珠装饰的宫殿，玉石镶嵌的高楼，一层层的，十分壮观。

走到一座高台下面，就见有位仙风道骨的老神仙端坐在台上，两边恭恭敬敬地站着三十个徒弟。猴王又是高兴，又是紧张，赶紧下拜磕头。

台上的祖师开口了："你家住哪里？姓什么叫什么？说清楚再拜。"猴王说："我家住在东胜神洲傲来国花果山水帘洞……"

祖师一听，皱起眉头说："东胜神洲离这里，隔着两片大海，一座南赡部洲。这么远的路程，难道你是飞过来的？"他吆喝了一声："给我赶出去！这就是个说谎的骗子，还想学什么本领！"

猴王慌得连连磕头，说："师父，师父！弟子说的都是实话。我扎了木筏，漂洋过海，走了十多年，不知吃了多少苦头才慢慢找到这里。求师父收下我吧！"

祖师说："嗯，既然是慢慢找来的也好，你姓什么？"

猴王说:“性？什么叫性？啊，我没性子。别人打我骂我，我都不生气的。”祖师说:“不是这个性。你父亲、母亲原来都姓什么？”猴王说:“父亲、母亲？我没有啊。”祖师说:“你没有父亲、母亲？难道是从树上生的？”

猴王说:“我虽然不是树上生的，却是石头里蹦出来的。我只记得花果山上有一块仙石，有一天石头突然裂开，我就蹦出来啦！”

祖师一听，心里暗暗高兴:“这小猴子不简单啊，原来是天地生成的。”接着就说:“你起来，走几步给我看看。”

猴王就站起来，拐呀拐的，走了几步。祖师笑着说:“很好，我收下你了。你既然没有名字，我就给你取个名字，叫‘孙悟空’，好吗？”

猴王高兴地跳了起来:“好好好！好好好！我就叫‘孙悟空’啦！”

从此，孙悟空就在须菩提祖师这里修炼。一开始，祖师只是叫他跟着师兄们学语言礼节、习字论道，闲时便砍柴、挑水、扫地、烧火。孙悟空也不嫌麻烦，只是一有空，就跑到后山去吃桃子。那里漫山遍野，都是桃树。桃子熟了七次，孙悟空也就在祖师这里过了七年。

有一天，祖师又聚集徒弟们，登台讲道。讲了一会儿，孙悟空坐在下面，听得高兴，忍不住抓耳挠腮，手舞足蹈起来。

祖师停下来，问孙悟空：“你怎么乱蹦乱跳，不听我讲？”

孙悟空说：“刚才我听到师父讲到精彩之处，忍不住高兴，一高兴，就乱动，请师父恕罪。”

祖师说：“那算了吧。你到我这里这么久了。你要学点什么本领呢？”

孙悟空说：“师父只要教我，不管是什么都行。”

祖师说：“我教你求仙算卦的本领，怎么样啊？”

孙悟空问：“能长生不老吗？”

祖师说：“不能，不能。”孙悟空就说：“不学不学！”

祖师又说：“我教你看经念佛的本领，怎么样啊？”

孙悟空问：“能长生不老吗？”

祖师说：“不能，不能。”孙悟空就说：“不学不学！”

祖师又说：“我教你打坐持斋的本领，怎么样啊？”

孙悟空问：“能长生不老吗？”

祖师说：“不能，不能。”孙悟空就说：“不学不学！”

祖师又说：“我教你采药炼丹的本领，怎么样啊？”

孙悟空问：“能长生不老吗？”

祖师说：“像水中捞月一样。”

孙悟空说：“师父，我不懂，什么叫‘水中捞月’？”祖师说：“你看月亮倒映在水里，你用手去捞，捞来捞去，却根本捞不上来，这就叫‘水中捞月’。”孙悟空想了想说：“这样说来，也是白忙活一场喽？不学！不学！”

祖师生气了，他拿起戒尺走了下来，指着孙悟空说：“你这猴子，这也不学，那也不学，你到底要学什么？”说着举起戒尺，照孙悟空的脑袋啪、啪、啪，打了三下，倒背着手，把中门一关，走了。

这下可了不得了。师兄弟们吓坏了，围上来，七嘴八舌地说：“你、你这猴子，师父教你本领，你怎么不学？还和师父顶嘴。你把他气走了，什么时候才会出来！”

孙悟空呢，却笑嘻嘻的一声不吭，原来，他已经猜出了师父的意思。打他三下，倒背手进去，都是暗号。师父要传他真本事。

当天晚上，师兄弟们都睡熟了。孙悟空就睁着眼，躺在床上等着。到了三更时分，他就悄悄爬起来，朝后门走去。

后门果然没关。孙悟空悄悄地进去，见祖师脸朝里躺着。他不敢惊动，就跪在地上等着。又过了一会儿，祖师醒了，看见孙悟空跪在地上，就喝道：“你这猴子，不在前面睡觉，半夜三更的，跑到我房间来做什么？”

孙悟空说：“师父，不是您叫我来的吗？您打我三下，是要我三更时起来；倒背着手，关上那道门，是叫我从这后门进来，传我本领。师父，这里再没别人了，你就传我长生不老之术吧！”

祖师又惊又喜：“哎呀，果然是个天地生成的！这么聪明，一下子就猜透了我的哑谜。也好，那我就传你长生不老之术。”说着，就念了一段长长的口诀给孙悟空听，叫他回去慢慢修炼。

过了三年，祖师看孙悟空很有进步，就又传给他一样本事，叫“七十二变”，能够变成各种各样的事物。孙悟空这时候已经是一窍通来百窍通，把这七十二变很快都学会了。

又过了一段时间，师徒们都在洞前看落日。祖师就把孙悟空叫过来问道：“悟空，你现在练得怎么样了？”孙悟空说：“师父，我已经能腾云驾雾了！”祖师说：“你驾个云，我看看。”

孙悟空就翻了个筋斗，跳了起来，还别说，他脚底下真踩上了一片云彩。只是离地不过五六层楼高，手扒脚刨地慢腾腾飞了一圈，不过两三里远，就飞了回来，落在祖师身边，得意洋洋地说：“师父你看，这就是腾云了！”

祖师笑着说：“嘿嘿，这可不是腾云，只能叫‘爬云’。神仙们腾云，要一天之内，游遍四海，这才能叫‘腾云’。”

孙悟空挠头说：“这个可难，难！”祖师说：“世上无难事，只怕有心人。”孙悟空就磕头说：“师父，求你把腾云的法术也传给我吧。永远不忘大恩！”

祖师就说：“也好，但别的神仙驾云，都是跺一下脚飞起来。你却不是，得先翻个筋斗才能起来。那我就传你一个‘筋斗云’吧。这朵云，要攥紧了拳，将身子一抖，跳起来，一个筋斗就是十万八千里。”师兄弟们听了都说：“啊哈，这个法术可真不错！”

祖师就教给孙悟空筋斗云的咒语。孙悟空当天晚上默念咒语，一夜之间，就把筋斗云练会了。

又过了几个月，夏天到了，师兄弟们都在树下聊天。大家说：“悟空，你既然学会了七十二变，给我们变一个东西，表演表演好不好？”孙悟空一听，来了精神，他本来就喜欢卖弄，就说：“师兄们请出个题目，要我变什么？”有人说：“就变棵松树吧！”孙悟空念起咒语，摇身一变，果然变成一棵松树，和真的一模一样。大家纷纷鼓掌，夸奖道：“好猴子，好猴子！”

祖师在洞里听见，赶紧拿着手杖出门来问道：“你们大吵大闹做什么？”大家赶紧上前拜见，说：“师父，是孙悟空变化着玩。叫他变棵松树，果然是棵松树。所以都喝起彩来，没有吵闹。”

祖师说：“你们去吧，悟空留下。”祖师责备孙悟空说：“你学了本领，是在人前卖弄的吗？你回去吧。”

孙悟空吃了一惊，忙说：“师父，你叫我回哪里？”祖师说：“你从哪里来，就回哪里去。”孙悟空突然醒悟：“啊，我差点儿忘了，我是从东胜神洲傲来国花果山水帘洞来的！”祖师说：“你快回去。你不能在这里了！”

孙悟空流着泪说：“师父，我、我可还没有报答过您的大恩呢。”祖师说：“报什么恩？你以后惹了祸，不牵连我就是了。你以后不管怎么折腾，永远不许说你是我的徒弟。你要是说出半个字来，我就知道。我有本事把你这猴子剥皮锉骨，叫你万劫不得翻身！”

孙悟空知道师父是一定要赶自己走了。虽然很伤心，却也没办法。只好说：“不敢，不敢提起师父，只说这些法术是我自己会的吧。”

孙悟空向师父拜谢，念起咒语，驾起筋斗云，朝东胜神洲花果山飞去。

西游小课堂

灵台方寸山，斜月三星洞

须菩提祖师住的地方，叫“灵台方寸山，斜月三星洞”，这两个名字有什么意义呢？

原来，这两个名字都是“心”的代称。换句话说，“灵台方寸”和“斜月三星”，这是两个字谜，谜底都是“心”。

“灵台”是心的意思，因为古人认为，心是主管人思想的（现代科学进步，当然认为是大脑了）。

“方寸”，也是心的意思，所以一个人心里乱糟糟的，就说他“方寸大乱”或者“乱了方寸”。

“斜月三星”，也是“心”的字谜。你看“心”这个字，一钩就像弯弯的月亮，三个点就像三颗星星。

这山名和洞名其实已经告诉了我们，要修炼，实际上修炼的是自己的内心。别看孙悟空漂洋过海，找神仙找了十多年。最后反倒在自己的“心”里，找到了真正的神仙。这其实告诉我们：一切美好的东西都离我们不远，只在自己的心中。

孙悟空离开师父时，说的最后一句话，“只说这些法术是我自己会的吧”，也是照应了这个意思。如果自己不去留“心”，别人再教你什么厉害法术都是没有用的。

为什么孙悟空挨了须菩提祖师三下打？

须菩提祖师假装生气，说“你这猴子，这也不学，那也不学”，用戒尺打了孙悟空三下，背着手走进去了。他为什么不明说呢？

其实，这是考验徒弟的一种方式。就看其有没有这个悟性。

唐代有个叫惠能的和尚，不认识字，却很有悟性。当时有位大师叫弘忍，他叫惠能干杂活，用石碓舂米（就像祖师叫孙悟空砍柴、烧火）。

有一天，弘忍来到舂米的房子，对惠能说：“米舂好了吗？”（意思是“你修行得怎么样了”）

惠能说：“好了是好了，就是差一面筛子。”（意思是“修行好了，只是没人指点”）

弘忍用手杖敲了三下石碓就走了。惠能一下子明白了，三更的时候，悄悄来到弘忍的房间。弘忍用袈裟把窗户都遮上，不叫人看见，给他讲《金刚经》，讲着讲着，惠能就悟到了真正的佛法。后来，他继承了弘忍的地位，成了禅宗第六代祖师。

《西游记》中的这个故事是从弘忍给惠能传法的故事里借鉴来的。小说里，有许多传承了很久的故事，在这里用过之后，又在那里用。需要你慢慢地探索。这也是一件非常好玩的事情。

须菩提祖师去了哪里？

须菩提祖师只在《西游记》最开始时出现过，然后就

神秘地消失了。他对孙悟空说：“以后不许你说是我的徒弟，我也不再见你。”

也许看到这里，你会很难过，甚至有些不解：“须菩提祖师为什么把孙悟空赶走？”其实，这是作者的一个写作技巧。他担心把须菩提祖师引入后面的情节，处理起来麻烦。

须菩提祖师实在太厉害了。孙悟空日后如果碰上麻烦，祖师是出手好呢，还是不出手好呢？

比如，孙悟空大闹天宫，被如来佛祖压在五行山下 500 年。这个时候，祖师是来救他呢，还是不来救他呢？

如果不来救他，显得这师父无情无义。如果来救他，是让他打败如来佛祖呢，还是让如来佛祖打败他呢？

他要是打败了如来佛祖，孙悟空就没法去取经；如来佛祖都打不过孙悟空的师父，还去他那取什么经？

所以，像这种一开始就出场的顶级高手，如果后面还有高手，那么只能把他“藏”起来。否则两个人就会出现矛盾。这就是一个写作技巧。

金庸先生写过一部武侠小说叫《笑傲江湖》，书里有一个厉害的高手风清扬，教过主人公令狐冲剑法。令狐冲临走的时候，风清扬也说：“你若心中真有我这样一个太师叔，今后就别来见我，以至令我为难。”这和须菩提祖师对孙悟空说的话一模一样。因为《笑傲江湖》后面还有厉害的高手，不能让风清扬碰上他们。

而且，《西游记》的主人公是孙悟空，不是须菩提祖师。须菩提祖师的任务，只是教给他本领。教完后，就可以消失了。如果日后再经常出来帮忙，那么还怎么显出孙悟空的本事呢？

所以，这位祖师是一定要“藏”起来的。

第三章

龙宫探宝得铁棒

孙悟空降下筋斗云，落到花果山前。二十多年没回来了，一看山里的景致和当年一模一样，心里十分激动，只想一下子看见当年的小伙伴们。

谁知道山上一个小猴也没有，他仔细一听，似乎还有猴子在哭。孙悟空心里就有些犯嘀咕，喊了一声：“孩儿们，我回来啦！”

这一声可不要紧，山崖下面，花草丛中，树林里面，蹦出千千万万个大大小小的猴子，把孙悟空围在中间，都喊着：“大王！大王！你怎么才回来！”有的还哭了出来。

孙悟空一听，觉得不对头。就听几个小猴说：“大王，最近来了一个妖怪，是坎源山水脏洞的混世魔王！他欺负我们，还要强占水帘洞。我们打不过他，被他捉了好多小猴去。大王，大王，你总算回来了，不然再过几年，连水帘洞都归了他啦！”

孙悟空一听就火了：“是什么妖怪！找他去！”说着驾起筋斗云，朝坎源山飞去。

到了坎源山水脏洞，几个小妖正在门口玩呢，见了孙悟空，扭头就跑。孙悟空喊道：“别跑！去告诉你家什么混世魔王，就说花果山水帘洞洞主来了，要找他比试比试！”

小妖们赶紧跑进去报信，不一会儿，混世魔王扛着一口大刀走了出来，叫道：“哪个是水帘洞洞主？”孙悟空喝道：“这妖怪，眼睛这样大，看不见老孙？”混世魔王见了，笑着说：“你这个瘦猴子，赤手空拳的，怎么敢找我的麻烦？”孙悟空也不多话，一纵身，跳了上去，劈脸就打。

孙悟空矮小机灵，混世魔王又高又胖，很不灵活。混世魔王被他打了几下，疼得龇牙咧嘴，拎起门板一样大的钢刀，劈头就砍。

孙悟空一转身，从身上拔下一把毫毛，放在嘴里嚼碎，望空一喷，叫一声："变！"一下子变成了两三百个小猴，蹦的蹦，跳的跳，一拥而上。魔王气呼呼地拿刀一顿乱砍，小猴们都机灵得很，左砍也砍不着，右砍也砍个空。

小猴们把魔王围在中间，抱的抱，扯的扯，钻裆的钻裆，扳脚的扳脚，又是踢打，又是拔毛，抠他眼睛，捏他鼻子，抬起来，摔下去。混世魔王被折腾得一动都不能动了。孙悟空这才夺过他的刀，咔嚓，一刀把他砍成两段。然后领众小猴杀进洞中，把里面的大小妖精杀得干干净净。

孙悟空一抖身子，把毫毛变的小猴都收上身来。嗯？怎么还有些收不上来呢？仔细一看，原来它们都是真猴子，是混世魔王从水帘洞抓去的。他就念声咒语，驾起一阵狂风，把小猴们卷起来，一齐飞回了花果山。花果山的小猴看见大王得胜归来，都簇拥上去，又蹦又跳。

孙悟空就把这些年的经历简单说了一遍，又说："小的们，我们这一族都有姓了！"众猴道："大王姓什么？"孙悟空说："我姓孙，法名悟空。"猴子们鼓起掌来："大王是老孙，我们是二孙三孙细孙小孙，一家孙，一国孙，一窝孙啦！”于是二孙三孙细孙小孙，都围住了老孙，大盆小碗的椰子酒、葡萄酒端上来，合家欢乐，热热闹闹地过了一天。

第二天，孙悟空就让小猴们砍下许多竹子和树木，做成刀啊枪啊的兵器，每天教他们操练武艺。练着练着，孙悟空发愁了：“这些竹子枪、木头刀到底不是真的，真打起仗来可不管用。到哪里弄些真刀真枪呢？”

这时候，旁边走上来四个老猴，对孙悟空说：“大王，从这里向东，过二百里海面，就是傲来国国都，那里肯定有卖兵器的。大王既然会驾云，不如去那里看看。”

孙悟空立即驾起筋斗云，一瞬间就飞过了二百里水面。海那边果然是一座大城，人来人往，十分繁华。孙悟空想：“王宫里一定有现成的兵器，不如使个神通弄他几件！”孙悟空念起咒语，吸了一口气，呼地一吹，就是一阵狂风，飞沙走石，吓得城里人躲的躲，藏的藏，跑进家里，关上门不敢出来，连傲来国的国王都吓得退朝回宫了。

孙悟空降下云头，找到王宫里的兵器库，打开门一看，

嘀！刀枪剑戟，斧钺钩叉，要什么有什么。孙悟空想："我一个人能拿得了多少？不如使个分身法搬吧。"

他就拔下一把毫毛，嚼烂了喷出去，叫声："变！"变出千百只小猴，有力气的拿六七件，没力气的拿两三件，一下子把兵器库搬空了。孙悟空又驾起一阵狂风向花果山飞去。

花果山大大小小的猴子正在洞门前玩呢，忽然听到呼呼的风响，半空中无数猴精黑压压地飞了过来。猴子们吓得乱藏乱躲。过了一会儿，却听有人喊话："小的们，都来领兵器啰！"大家探头一看，猴精都不见了，地面上堆着成山的兵器，只有孙悟空一个站在那里。啊，原来又是大王的法术。

猴子们跑上来抢兵器，这可是真兵器啊！喜欢玩刀的玩刀，喜欢玩枪的玩枪，喜欢玩弓箭的就跑过来拉弓扯箭。吵吵嚷嚷，玩了整整一天。

第二天，孙悟空数了一下花果山的猴子，一共有四万七千多只。再加上附近山上的老虎、狮子、大象、豹子、猩猩、狗熊、野猪、狐狸、羚羊等，那些成精的首领，一共有七十二洞妖王，都来拜孙悟空。也有献粮食的，献盔甲的，献彩旗的，还有跟着猴子们操练的，花果山一天比一天兴盛。

有一天，孙悟空对小猴们说：“你们都用上好兵器了，可我这口大刀是从混世魔王那里缴来的，实在不好用，怎么办？”四个老猴又说：“大王已经是神仙了，凡间的兵器确实不能用。我们这铁板桥下的水，是和东海龙宫通着的。龙王那里有数不清的宝贝。大王如果能去海底的话，可以找老龙王要件兵器试试。”

孙悟空就使一个闭水法，噗的一声，钻进铁板桥下的水里，分开水路，一直来到海底。

东海龙王名叫敖广，听说孙悟空来了，赶紧带着龙子龙孙、虾兵蟹将出宫迎接：“上仙请进，请进！”进宫里坐下，孙悟空就说明了来意。龙王不好推辞，即叫鳜都司取出一把大刀来。孙悟空说：“老孙不会使刀，请换一件。”龙王又叫鲌太尉、鳝力士，抬出一杆九股叉来。

孙悟空跳下来，接在手中，使了一路，放下说：“轻，轻，轻！不趁手！换一件换一件。”

龙王笑着说：“上仙，我这杆叉有三千六百斤重呢！”孙悟空说：“不趁手，不趁手！”

龙王这才害怕起来，又叫鳊、鲤两位将军抬出一柄七千二百斤的方天画戟来。孙悟空接在手里，耍了一路，说：“也还轻，轻，轻！换一件换一件。”龙王更加害怕：“上仙，我宫中最重的兵器，就是这根戟，再没别的兵器了！”

龙婆从后面走了出来，她是龙王的夫人，对龙王说：“大王，这位可不一般。我忽然想起，我们的海藏里，有一块天河定底的神珍铁，这几天忽然放起五色彩光来，是不是注定要被他拿走呢？”龙王说：“那是上古大禹治水时，测量江海深浅用的，是一块神铁，不能当兵器用啊。”龙婆说：“反正也没什么用，就送给他，他拿出去怎么改造就是他的事了。赶紧把他送走才好。”

龙王觉得有道理，就对孙悟空说了。孙悟空说：“拿出来我看看。”龙王摇着手说：“哎呀，扛不动，抬不动！得你亲自去看看。”

龙王带着孙悟空向大海深处走去。七绕八绕，一直走到龙王藏宝的海藏里。龙王用手一指：“你看，那放出万道金光的，就是神铁了！”

孙悟空走近一看，原来是一根巨大的铁柱子，约有一个人的腰那么粗，两层楼那么高。他有点儿失望，这么大个儿的家伙，确实没法用。他摸了一把，用两只手抓了抓，说：“可惜，太粗太长了，要是再短细点才好用。”

谁知话音刚落，嗖的一声，那铁柱子就短了几尺，细了一圈。

孙悟空又惊又喜，连忙说：“再细些更好。”又听嗖嗖嗖几声，铁柱子不停地细了下去。这回就不是柱子，而是一根棍子了。

孙悟空一伸手，就把棍子拿了起来。两头是两个金箍，中间是一段黑铁，紧挨着箍刻着一行小字：“如意金箍棒，重一万三千五百斤。”

孙悟空想道：“原来这宝贝能随着人心意变化。”他一边走，一边嘴里说着："再短些、细些更好！"又听嗖的一声，金箍棒变成二丈来长，拿在手里，长短粗细特别趁手。

孙悟空一高兴，就要起金箍棒来。这一下可不得了，轰隆轰隆的，水晶宫里像开了锅。只打得龙王胆战心惊，小龙子魂飞魄散，乌龟呀，甲鱼呀，都把脖子缩在壳里不敢出来。

孙悟空坐在水晶宫殿上，谢过了龙王，又说："这块铁虽然好用，倒没有好看的衣服配它。你这里要是有盔甲，不如送我一副。"龙王说："这个可没有。"孙悟空说："一客不犯二主，若没有，我就不出这个门啦！"

龙王说："要不，上仙再去别的海里看看？"孙悟空说："真没有啊？真没有的话，就和你试试这神铁！"

龙王慌了："上仙，不要动手呀，不要动手！等我看看几个弟弟手里有没有，要是有，一定送您一副。"孙悟空说："你弟弟在哪里？"龙王说："我弟弟是南海龙王敖钦、北海龙王敖顺、西海龙王敖闰。"孙悟空说："我老孙不去，不去！这么远的路，你随便送我一副就行啦。"

龙王说：“不用你亲自去，我这里有一面铁鼓，一口金钟，凡有紧急事就敲鼓撞钟，三个弟弟立即就到。”说着就叫鳄将军撞钟，甲鱼元帅擂鼓。

不一会儿，那三海的龙王果然来了。东海龙王出到门外，把这事一说，南海龙王敖钦是个火暴脾气，喊道：“我们点起兵，把他抓起来！”东海龙王说：“哎呀，不能抓呀，那块铁，碰着点儿就死，磕着些儿就亡，挨一挨皮就破，擦一擦筋就伤啊！”

西海龙王敖闰说：“二哥，我们不和他动手，先凑一副盔甲与他，打发他出了门，再去玉帝那里告他，让玉帝收拾他！”北海龙王敖顺赶紧说：“对对，我这里正好有一双藕丝步云履呢。”西海龙王敖闰道：“我带了一副锁子黄金甲呢。”南海龙王敖钦道：“我有一顶凤翅紫金冠呢。”

东海龙王大喜，赶紧将金冠、金甲、云履捧了进来。孙悟空穿戴整齐，对龙王们说：“打扰啦，打扰啦！”抡起金箍棒，一路打了出去。四海龙王气得大眼瞪小眼，回宫商量写奏章告状去了。

再说花果山的四个老猴，领着猴子们都在桥边等着，正等得着急呢。忽然见到水里波浪汹涌，紧接着嘭的一声，一片金光冒了出来。大家一看，咦，这不就是大王吗，身上一点儿都没有湿，还穿着一身金灿灿的铠甲。猴子们惊呆了，一会儿才喊道：“大王，你真漂亮，你真漂亮！”

孙悟空就把金箍棒插在地上，小猴们纷纷来扛，你推一下，我晃一下，金箍棒就像生根了一样，纹丝不动。小猴们喊道：“大王，这么重啊，你怎么拿出来的呀？”孙悟空笑了笑说：“这是一件宝物，叫‘如意金箍棒’，可以随心而变，等我叫它变一变！”

他就把金箍棒在手里颠着，叫：“小，小，小！”嗖的一声，金箍棒变成绣花针大小，可以塞到耳朵眼儿里藏着啦。小猴们都喊道：“大王！小得看不见啦，还是拿出来变个大的吧！”

孙悟空就拿出金箍棒，托在掌上叫：“大，大，大！”金箍棒又变成两丈多长。他变得高兴，就使了一个“法天象地”的神通，把腰一弯，叫声：“长！”好家伙，长得身高万丈，头像泰山，腰像峻岭，眼像闪电，口像血盆，牙像刀剑。手里的金箍棒也是顶天立地，差点就戳到天宫去了。吓得满山的虎豹狼虫，妖王精怪，都磕头礼拜。从此孙悟空的威风可就更大了。

西游小课堂

古人用什么来测量水深?

龙王对孙悟空说:“这块天河定底神铁是大禹治水时定江海深浅的。”“定”就是测量的意思。现在还管测量叫“测定”。“天河定底”,就是说它连天河的水底都能量出深浅来。

金箍棒是神仙的宝贝,那么,现实中古代人用什么东西来测量水的深浅呢?

你可能会说,可以用长竹竿啊。不知道一条河有多深,用竹竿插一下,看看水没到竹竿的哪个位置不就行了?

浅水的情况下可以这样做,但是如果船开到了大江、大海里,水有好几百米深,怎么再用竹竿测量呢?

古人有办法，因为船上有一种现成的东西可以用，这就是船锚。

你要是见过古代的船锚，就会知道，船锚安着一根又粗又长的木杆。锚杆一头安着两个爪子，另一头拴绳子。用的时候，把绳子沿着船边放下去。到了水底，船锚的爪子就会陷在泥里。船就走不了了。所以，船要停下，都要抛锚。

既然船锚是可以够到水底的，想测量水深就容易啦，只要把锚拉上来，量一量湿绳子的长度就可以了。

更有趣的事情是，海船上大锚的锚杆，都是用巨大的原木做成的。这种原木，一般都是两丈多宽，像人的腰那么粗，因为经常泡在水里，怕两头裂开，还会在两头加上铁箍。

你看，这像不像金箍棒的样子呢？

还有一件更有趣的事情。福建有一片浅海，渔民们都不敢从那里过，因为经过那里的船经常会翻。当地传说，明代航海家郑和下西洋的时候，在这里遇到了风浪，他就把一根“定海神针”扔到水里。风浪平息了，可是“定海神针”也留在海底了。要是不小心碰上这根“神针”，就容易翻船。

后来，考古学家探测了那里的海底，原来海底没有什么“定海神针”，却有一个很大的明代船锚陷在泥里（就像金箍棒立在海底一样），水浅的时候这个船锚经常会碰到船底，惹事的就是这个东西。

所以，船锚和《西游记》里能测江海深浅的“定底神铁”说不定真有些关系。如果说《西游记》的作者写金箍棒的时候，参考了海船上锚杆的样子，似乎也说得通呢。

为什么中国没有西海和北海？

《西游记》里有四海龙王，是东海、西海、南海、北海龙王。

但如果今天问你，中国有几个海？你一定会说：中国有渤海、黄海、东海、南海。咦，这就奇怪了，为什么不说渤海龙王、黄海龙王……呢？

其实，这是地理知识进步造成的“麻烦”。

古代中国人心中的宇宙，是“天圆地方”的。天是圆的，地是方的。大地在中间，方方正正的一块，四周是大海（这和我们第一章讲的“四大洲的地理观”不一样，那是印度传进来的）。

古人认为既然四周是大海，那么东边就是东海，西边就是西海，南边就是南海，北边就是北海啦。

而且，你看看地图就知道，中国在亚洲大陆的东南角，东边、南边都靠海，所以确实有东海和南海。古人想：既然东边、南边都有海，那西边、北边也一定有海喽。

而且古人还认为，中国就在世界的正中间。既然东边、南边不远的地方就是海，那么西边、北边也许走不远也能碰到海呢。

谁知道，世界比古人想象的大得多。古代中原人一路向西走，全都是沙漠、高原，连海的影子都看不见。路上也碰见几个大湖，像青海湖、贝加尔湖，乍一看很像大海。所以古代有一段时间，管青海湖叫“西海”，管贝加尔湖叫“北海”。

今天的你知道，要找真正的“西海”，得穿过整个亚欧大陆，走到欧洲的最西边去，那里叫“大西洋”。要找真正的北海，也得穿过广阔的俄罗斯，走到亚欧大陆的最北边，那里叫“北冰洋”。只是这两片海洋，不属于中国，而且比中国的东海、南海大得多，既不能称其为“西海”“北海”，也不能与“东海”“南海”并列到一起。

第四章

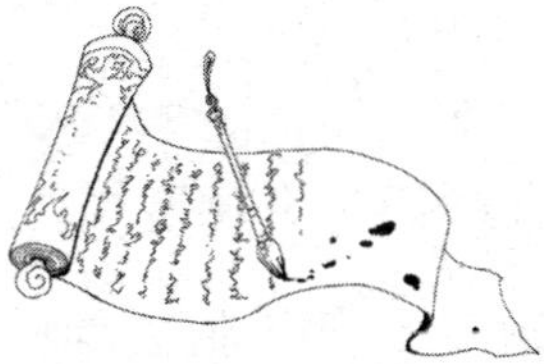

大闹地府销名号

孙悟空拿到了金箍棒，更加威风，就把那四个给他出主意的老猴封为“健将”，叫他们管理日常杂事。他就每天腾云驾雾，四海游玩，到处交朋友。很快，他就认识了六个朋友，牛魔王、蛟魔王、鹏魔王、狮驼王、猕猴王、狨王，结成七兄弟。

有一天，七兄弟在水帘洞里喝酒。孙悟空喝多了，送他们出去，回来后忽然觉得醉醺醺的，睁不开眼，就躺在铁板桥边一棵大松树下面，很快就睡着了。

睡着睡着，孙悟空蒙蒙眬眬中，看见两个怪人走了过来，手里拿着一张公文，上面写着“孙悟空”三个字。把绳子向孙悟空脖子里一套，孙悟空就不由自主地跟着他们走了。

跟跟跄跄地走到一座城边，孙悟空觉得有点儿酒醒了，抬头一看，嗯？这座城怎么这么奇怪？里面黑洞洞的，城门上挂着一块铁牌子，上面写着三个大字：幽冥界。

孙悟空大吃一惊："啊？幽冥界？幽冥界不是阎王住的地方吗？我怎么跑到这里来了？"

那两个人冷笑着说："孙悟空，你的寿命已尽，我们是地府的勾死人，领了阎王爷的批文，勾你的灵魂来的。"

孙悟空皱着眉头说："我老孙早已炼成长生不老，超出三界外，不在五行中。不归他管了，你们怎么敢来勾我？"

"进去！进去！"两个勾死人也不听孙悟空说什么，这个来拉，那个来扯，非得把他拖到幽冥界里去。一来二去，孙悟空被惹恼了，伸手向耳朵眼儿里一掏，掏出如意金箍棒来，噼啪两棍子，把两个勾死人打成了肉酱。

孙悟空把绳子解开，抡着金箍棒，打进城里。城里没有太阳，头顶上压着阴风黑雾，耳边是冤死鬼的哭声。到处都是奇形怪状的鬼怪，有牛头鬼、马面鬼，都是阎王手下的鬼兵。孙悟空左右开弓，一顿棒子把他们打得呜哇乱叫，四散奔逃。

众鬼兵奔上阎王的大殿，喊着：“大王，不好了！不好了！外面有一个毛脸猴子打过来了！”

十个冥王吓得穿好了衣服，跑出来一看，不认识，又见他拿着一根老粗的大棒子，气呼呼的，不敢惹他。就排好了队伍，一齐叫道：“上仙！上仙！请留下姓名。”

孙悟空又好气又好笑：“原来你们不认得我，那怎么派人来勾我？”十位冥王说：“不敢，不敢！大概是勾错了。”

孙悟空就说：“我是花果山水帘洞天生圣人孙悟空。你们是什么官儿？”

十王赶紧鞠躬行礼，说：“我们是阴间天子十代冥王。”孙悟空举着金箍棒说：“一个个地报上名字来，就不打你们，快着！”

十王站好了队，就像列队报数一样，一个个恭恭敬敬地说：

“我是秦广王。”

“我是楚江王。”

“我是宋帝王。”

“我是仵官王。”

“我是阎罗王。”

“我是平等王。”

“我是泰山王。”

“我是都市王。”

“我是卞城王。”

最后一个说：“我、我是转轮王。”

孙悟空听得晕头转向：“好啦，好啦，你们既然都是什么这个王、那个王，肯定也有点儿本事，不是糊涂虫，为什么不知好歹？我老孙修成仙道，与天齐寿，超出三界之外，跳出五行之中，为什么派人拘我，嗯？”

十王说：“上仙息怒！上仙息怒！世界上同名同姓者有很多呢，想来是那勾死人走错了。他们想去拘另外一个叫孙悟空的，稀里糊涂把您老人家拘来了。”孙悟空说：“胡说，胡说！你快把生死簿子拿来给我看看，就知道错没错了！”

孙悟空拿着金箍棒，跟着十王上了大殿。原来这座大殿叫“森罗宝殿”，正中间是冥王的宝座。他也不管那套，上去就一屁股坐在宝座上。十位冥王就喊判官：“把生死簿都搬出来，请上仙查。”

判官不敢怠慢，就到司房里捧出一大堆生死簿来。原来这生死簿上，分门别类地记着天下所有生物的名字、寿命、死因。从人类到兽类、鸟类、鱼类、昆虫……全都有。孙悟空翻来翻去，终于发现有一本单独的猴类册子。

孙悟空把这个本子打开，一页一页地找，终于翻到一页，编号是“魂字一千三百五十号”，下面写着“孙悟空，天产石猴，寿三百四十二岁，善终”。

孙悟空有点儿吃惊：“那说明他们并没有勾错……难道就这样乖乖地在阴曹地府待着？”他心里一琢磨：“哼，凭什么听你们的？有办法了！”就说：“我也不记得活了多少岁了，拿笔来！”说着抓过一支笔来，蘸好了墨，在自己的名字上唰啦就是一下，画了一条大墨杠子。

这下十王都傻了，原来，地府勾魂，就靠这本生死簿。上面有名字，有寿命，知道这个人在哪里，才能去勾。名字都涂掉了，还勾谁去？

孙悟空涂完自己的名字还不算完。他看这一本上，记的全是猴子们的名字。于是翻开第一页，唰啦又是一下，把上面不知哪个猴子的名字涂掉了。紧接着一页页翻过去，唰、唰、唰，把所有的名字涂了个遍。一本生死簿横七竖八的，全都是大墨杠子、大黑叉子。再也看不出来上面写的什么字了。

孙悟空把生死簿一扔，跳下宝座说：“行啦，好啦，这回可再也不归你们管啦！”说完亮出金箍棒，又是噼里啪啦一路棒，打出了幽冥界。

十王哪敢惹他？再看地上一塌糊涂的生死簿，大眼瞪小眼，只好说：“我们去翠云宫拜见地藏王菩萨，商量一下，怎么写封奏章向玉皇大帝告他一状！”

孙悟空抡着金箍棒打出城，忽然脚底下绊着一个草疙瘩，扑地往前一摔，差点儿趴在地上。这才惊醒过来，咦，原来是一个梦！四健将和小猴子们都在旁边伺候着呢。

孙悟空伸伸懒腰站起来，四健将说：“大王，你昨天喝了多少酒？怎么睡了这一夜才醒？”孙悟空说：“那倒没什么。我告诉你们我做了一个奇怪的梦：两个勾死人来抓我，把我带到了幽冥界。我急了，就大显神通，闹到森罗宝殿上，和十代冥王争吵。我把猴类的生死簿子看了，把我们的名字全都拿笔涂了个乱七八糟，以后咱们再也不归那些家伙管啦！”

猴子们一听，都高兴坏了，这可是天大的喜事啊，比大王学艺回来还高兴。地府没有名字，阎王想找也找不到，那不就等于全都长生不老了吗？而且还不用费劲修炼。猴子们赶紧向大王磕头，感谢大王的恩赐。

后来，这件事被各洞妖王知道了，也都来给孙悟空贺喜。过了几天，六个义兄弟又来祝贺。孙悟空就和他们在花果山天天聚会庆祝。

孙悟空在这边快乐，天上那个玉皇大帝可坐不住了。

原来，那天早晨他一上朝，就有丘弘济天师上殿启奏：

“万岁，殿外有东海龙王敖广上奏章来了。”玉帝不知道什么事，就传旨宣他进来。

敖广到了灵霄殿下，行过礼，递上奏章，玉帝接过一看，告的是妖猴孙悟空强抢金箍棒的事。玉帝就说：“龙王先回东海去，朕立即派兵捉拿。”龙王磕头谢恩，下界去了。

龙王刚走，又有葛仙翁天师上殿启奏：“万岁，殿外又有阴曹地府的秦广王上奏章来了。”玉帝想：“今天下界的事怎么这么多？”也传旨宣他进来。

秦广王到了灵霄殿下，行过礼，递上奏章，玉帝接过一看，嗯？告的还是妖猴孙悟空。说孙悟空闯进森罗宝殿，强销名号，涂毁了生死簿，阎王再想勾谁都找不到人了。请玉帝派兵捉拿。

玉帝就说：“冥王先回地府去，朕立即派兵捉拿。”秦广王也磕头谢恩，下界去了。

玉帝召集众位文武仙卿，问道：“这妖猴是什么时候冒出来的？怎么这么厉害？”下面就有千里眼、顺风耳说：

"万岁，您忘了？三百年前，不是有两道金光，射上了天宫吗？您还叫我们去查看，就是这个石猴。当时没觉得他多厉害，谁知道这些年竟然修炼成仙了！"

玉帝皱着眉头说："原来是他……那么，哪位神将敢下界收服呢？"

话还没说完，太白金星启奏道："陛下，这猴子既然已经修炼成仙，那就和人类差不多了。我想，与其发兵捉拿，倒不如发一道招安圣旨，把他召上天宫，大小封他一个官儿，让他给我们干活，不就管住他了吗？他要是听我们的话，干得好呢，那就慢慢升他的官；要还是捣乱呢，我们就近把他抓起来，不是一抓一个准吗？何必大老远地派兵下界呢？"

玉帝一听，觉得这个主意也不错，就说："准奏！"然后叫文曲星官写一道圣旨。太白金星带着圣旨，下界招安孙悟空去了。

西游小课堂

阴间到底有几个阎王？

你可能听说，掌管阴曹地府的就是阎王。

可是，为什么《西游记》里有十个阎王呢？他们是什么关系呢？是工作同事呢，是亲兄弟呢，还是爷爷、爸爸、儿子、孙子、重孙子……呢？

这要从阎王的来历说起。

阎王是印度神话中的死神，古代中国是没有的，是从印度传过来的。据印度神话，世界上第一个去世的人叫阎摩（是“Yama”的音译词，不是魔鬼的意思），他先占下了阴间（有点儿像开发了一片荒地），他就成了阴间理所当然的主人。后死的人再来，当然要听他的。

“阎摩”也叫“阎摩罗”或“阎罗”，又叫“阎罗王”，简称“阎王”。所以，在最早的印度神话里，阎王只有一个。

为什么变成十个了呢？这是传到中国之后的事。古代中国人也有自己的阴间之神，叫“泰山府君”。中国人对人去世这件事，看得很重。人去世后，经常有非常复杂的仪式（你如果去农村里还能看到）。老百姓觉得一个阎王管不过来，就你加一个，我加一个，加来加去，就从一个加到了十个了！

孙悟空到底炼没炼成长生不老？

大闹地府这个故事，非常非常有意思。

孙悟空被勾去魂魄，到了阴曹地府。但你是否记得，孙悟空在须菩提祖师那里不是学了长生不老之术了吗？为什么还会被勾魂，还会死？

其实，孙悟空虽然学了长生不老之术，但中途就被赶回来了，似乎并没有完全炼成，所以仍然不被阎王认可。

但是，故事好就好在没有让他完全炼成。

要是孙悟空在祖师那里就炼成了，阎王一看，嗯，这个家伙炼成长生不老了，不要去勾他——那还有什么意思？不就成了一个宣扬宗教的故事了吗？最后还是靠阎王的施舍啊。

这章故事结束后，孙悟空才算真正的长生不老了。只是，不是他坐在那里炼成的，而是靠自己的棍子争取来的。

不错，《西游记》里也有很多人炼成了长生不老。唐僧原是如来佛的二徒弟，何尝不是长生不老？猪八戒、沙和尚，在原著里，他们回忆当年的修炼经历，都是老老实实地修成了长生不老，然后升入天宫，当了神仙。

但是，这种长生不老是不保险的。因为你的长生不老之上，还有玉帝或如来佛的权力。既然是别人的赐予，自然也可以被轻易夺回。所以唐僧犯了错误被贬下凡间，投了凡胎，不再长生不老了。猪八戒也是被贬投了猪胎，成了凡间可以被宰杀蒸煮的猪了。

只有孙悟空这种长生不老，才是靠自己的棍子打出来的权利，这才是最可贵、最独立自主的财富，是任何人夺不去的。

长生不老是一种自由。你也可以获得各种自由。但是，不要幻想任何人赐予你自由，那都是不可靠的。只有靠自己的实力独立于天地之间，才是真正的自由。

第五章

上天 受封弼马温

太白金星到了花果山，把招安的事向孙悟空一说。孙悟空很高兴，就和太白金星出了洞门，各自驾起云头。谁知太白金星驾的云比孙悟空慢多了。只听嗖的一声，孙悟空就飞得没影儿了。

孙悟空到了南天门外，守门的天兵天将拿着兵器，把他拦住了，不让他进去。孙悟空一下子就火了，等太白金星赶到，就对他说："你这老头儿，怎么哄我？既然玉帝来请我上天，却怎么叫这些人挡住门，不放老孙进去？"太白金星笑着说："大王息怒。你从来没到过天宫，他们又不认得你，怎么敢放你进去？等你见了玉帝，封了官职，就再也没人敢拦你啦！"孙悟空说："既然这样，我不进去了。”太白金星赶紧扯住他说：“你还是和我进去。”就对天兵天将喊道：“各位，这是下界仙人，奉旨意上天来的！”天兵天将这才放开路。

孙悟空进了南天门，看见了天宫，眼都花了，果然和凡间不一样啊！金光万道，瑞气千条。红霓滚滚，紫雾飘飘。碧玉造的宫门，琉璃砌的大殿，柱子上盘绕的都是真龙，金桥上盘旋的都是凤凰。到处是千年不谢的名花，万载常青的瑞草。来来往往的神仙，戴着金冠，穿着天衣，一派光芒灿烂。

太白金星领着孙悟空走到一座最高大、最辉煌的大殿底下，这叫“灵霄殿”，玉帝正在这里上朝。太白金星上殿启奏：“陛下，臣领了圣旨，已经把妖仙孙悟空带到了。”玉帝就问道：“哪个是妖仙啊？”孙悟空一听，叫我呢？马上大大咧咧地一弯腰：“啊，老孙便是！”

这句话一出来，两旁的文武仙卿脸色都变了。这是什么地方？这是灵霄宝殿啊，比人间的皇宫还尊贵。见了玉皇大帝，要三拜九叩，连说话都不能大声。称呼自己要低

着头，说“臣某某某”，谁在玉帝面前表现得越谦卑，谁就越懂礼仪。怎么能说“老孙便是”呢？

大家纷纷议论起来，“野猴”“野猴”的骂成一片。有的还满腔义愤地说道：“该死！该死！”

幸亏玉帝没有计较，说：“这个孙悟空是下界的妖仙，刚刚修成了人身，不懂得朝廷礼仪，暂且恕罪。”这句话本来是宽恕孙悟空的，众仙卿倒好像是自己得了恩典一样，紧着催：“谢恩，快谢恩哪！”孙悟空这才向玉帝略微行了个礼。

玉帝就问：“各位，哪里缺少官职，可以让孙悟空去当啊？”武曲星君走上来说：“天宫里各宫各殿的官职都不缺，只是御马监缺一个管事的长官。”

玉帝说：“很好，就让他做御马监的长官。就叫……就叫‘弼马温’吧。”众仙卿又好像是自己得了恩典一样，紧着催：“谢恩！快谢恩哪！”孙悟空又向玉帝略微行了个礼。

玉帝派木德星官送他去御马监到任。原来御马监是管理天马的地方，长官下面还有几个副手，叫“监丞”“监副”；还有些干粗活的，叫“力士”。孙悟空到马场一看，里面有一千多匹天马，而且一个个都有好听的名字，什么骅骝、骐骥、纤离、龙媒、紫燕、挟翼、逾辉、超光、腾雾、绝地、骕骦……一个个蹄子下云雾缭绕，叫起来带着风声，跑起来像闪电一样。

孙悟空一上任就忙活起来，又是查账本，又是点马数，又叫手下的副官办草料；力士刷洗马匹、铡草、喂水、煮料。孙悟空自己是昼夜不睡，一心扑在养马上。不但白天要工作，晚上还要起来看好几回。

原来马不吃夜草不肥。孙悟空只要看见有的马睡大觉，就把它们赶起来吃草；有的马溜缰跑了，就捉回来拴好。那些天马见了孙悟空，都乖乖地低头，服服帖帖。一晃过去了半个多月，把这些天马养得膘肥体壮。御马监的下属们看了，也很高兴，觉得这位长官真不简单。

有一天，御马监的下属们摆好了酒席，一来给孙悟空接风，二来也是庆祝一下这半个月的成绩。

大家正喝得高兴，孙悟空忽然放下酒杯问道：“我这个弼马温，是个几品官儿啊？”大家说：“这个官啊，没有品。”

孙悟空一听，怎么，没有品？就说：“没品，想来是大得不得了吧？”大家都哈哈大笑起来，说：“不大不大，这个官，叫‘未入流’。”孙悟空问：“什么叫‘未入流’？”大家说：“未入流，就是末等的意思。这个官儿，在天宫是最低最小的啦，就是个看马的头儿。像您到任之后，这么辛苦，把马喂得这么肥，上级看见，也只不过说一个‘好’字；要是瘦了一点儿，就要受罚；要是不小心把马弄伤弄残了啊，还要治你的罪呢！”

孙悟空一听，火了，咬着牙骂道：“好哇！这样小看我老孙！我老孙在花果山称王称霸，怎么骗我来替他养马？这种下贱的事，我偏不做，偏不做！老孙我走了！”哗啦一声，把公案推倒，耳朵里取出金箍棒，噼里啪啦一路棒，打出了御马监，闯出南天门去了。

孙悟空一路筋斗云，下到花果山，只见四健将带着猴子们正在操演武艺呢。孙悟空高叫一声：“小的们，老孙来了！”猴子们都来磕头迎接，问道：“大王到天宫住了这十多年，这是荣归故里了？”孙悟空说：“咦，我才去了半个多月，哪里有十多年？”猴子们说：“大王，你在天上不觉得，天上一日，就是地上一年啊。请问大王，玉帝封你什么官？”孙悟空摆着手说：“不好说，不好说！说起来羞死人！”然后就把前后的事说给小猴们听了。小猴们都说：“走得好，走得好！大王在这儿称王多好，怎么偏给他做马夫？”

孙悟空和小猴们正在喝酒聚会，忽然有两个独角鬼王求见，献上一件黄袍，对孙悟空说：“大王这么神通广大，为什么给人养马？照我说，不如做个‘齐天大圣’，这才显得大王威风！”孙悟空一听，非常高兴，连说了几个“好，好，好”，就在花果山立起一面大旗，从此就叫“齐天大圣”。

再说玉帝听说孙悟空反下天宫去了，十分恼火，就派托塔李天王和哪吒三太子下界，捉拿妖猴。李天王带兵出了南天门，来到花果山，安营扎寨，就叫先锋官巨灵神挑战。

巨灵神提着宣花大斧，趾高气扬的，到了水帘洞外，喝叫：“弼马温出来！”孙悟空戴上紫金冠，披上黄金甲，穿上步云履，手拿如意金箍棒，威风凛凛地领众出门，摆开了阵势。

巨灵神高叫道：“我是托塔李天王部下先锋，巨灵天将！我劝你赶紧投降，若说半个‘不’字，就把你砸个稀烂粉碎！”孙悟空大怒：“泼毛神，我本想一棒打死你，却怕没人回去报信。你回去，叫玉帝按我大旗上的字号封官。如果不依，我就打上灵霄宝殿，让他龙床坐不成！”

巨灵神一看，果然水帘洞外有面大旗，迎风飘摆，上写“齐天大圣”四个大字。

巨灵神冷笑了三声：“好个泼猴，你要做齐天大圣，先吃我一斧！”劈头一斧，就砍了过去。孙悟空不慌不忙，举起金箍棒应敌。乒乓一棒，巨灵神嘴一咧，浑身发麻，好重的棍子啊！可他是先锋官，不敢逃走，只好硬着头皮，使开神通迎战。一个喷云吐雾，一个飞土扬沙，又打了几个回合。孙悟空当头一棒打了下来，巨灵神慌忙举起斧子一挡。这一棍子正打在斧柄上，把大斧打成了两截，吓得巨灵神也不管先锋不先锋了，扭头就跑。孙悟空在后面笑道："脓包，脓包！我饶了你，快去报信，快去报信！"

巨灵神垂头丧气地败回到营中，李天王一看就火了："你挫了我的锐气，给我推出去斩首！"旁边哪吒三太子慌忙说："父王息怒，等孩儿出去看看。"李天王这才放过了巨灵神，叫他到后营干杂活儿去了。

孙悟空正在收兵，忽然见到迎面冲来一个小男孩，看上去也就十二三岁，头上梳着两个"小丸子"，身上七七八八地带着好多奇形怪状的兵器，觉得很新鲜，就迎上来问道："你是谁家的小孩儿？来我这里干什么？"

哪吒喝道："泼妖猴！你不认得我？我是托塔天王三太子哪吒！奉玉帝之命来捉你！"孙悟空笑道："小太子，你的奶牙还没退，胎毛还没干，怎敢对我齐天大圣说这大话？"哪吒骂道："妖猴，你有多大的神通，就敢叫'齐天大圣'？不要怕，吃我一剑！”他大喝一声，叫声：“变！”一下子变成了三头六臂，手拿着六种兵器：斩妖剑、砍妖刀、缚妖索、降妖杵、绣球儿、火轮儿，扑面打了上来。

孙悟空吃了一惊：“这小孩儿倒也会点本事。哼！你会变三头六臂，难道我不会？看我的！”也叫声：“变！”唰的一声，也变成了三头六臂，把金箍棒晃一晃，变成了三条，六只手拿着三条棒架住。乒乒乓乓，好一场大战。

打了几个回合。哪吒一看不能取胜，就举起六件兵器，向空中一抛，叫道：“变！变！变！”六件变十二件，十二件变二十四件，接着是四十八件、九十六件……最后变成千件、万件……雨点一样，朝孙悟空头上打了下来。

孙悟空一点儿不怕，呵呵一笑，也把金箍棒向空中一抛。这金箍棒不用喊变，自己就一变十，十变百，百变千，千变万……哪吒的兵器好像雨点流星，孙悟空的金箍棒好像无数巨龙，带着风声乱飞乱舞。

这边的猴精，那边的天兵都吓得战战兢兢。混乱中，孙悟空手疾眼快，趁着乱，他拔下一根毫毛，叫声：“变！”

就变成他自己的模样，手里也拿着一条金箍棒，他的真身却轻轻一纵，跳到哪吒脑后，向左胳膊上一棒打了下来。

哪吒正在使法，只听得棒头风声，急忙躲闪，已经来不及了，啪的一下，被打在胳膊上。哪吒疼得收了神通，把六件兵器依旧收在身上，败阵回去了。

李天王见哪吒也败了，又惊又怕，只好领着众将回到天宫，到灵霄殿启奏玉帝，请求添兵，还说孙悟空要做“齐天大圣”。玉帝大吃一惊：“什么？这妖猴这么狂妄！立即添兵下界，捉来斩首！”

这时候，太白金星又站出来了：“陛下，如果再添兵和他打仗，万一还是打不过，不是又添麻烦吗？他既然要做‘齐天大圣’，不如万岁再下一道招安旨意，就叫他做个‘齐天大圣’，不就行了？”

玉帝皱眉说：“天上哪有这个官名？”太白金星说：“没事，我有个好主意，我们只要给他个‘有官无禄’。”

玉帝有点儿糊涂：“‘有官无禄’，什么意思？”太白金星说：“封官又不费事，我们就封他个‘齐天大圣’，哄他

上来，却不给他事管，不给他发俸禄。时间久了，他也就不想造反了。”

玉帝一听，觉得这个主意也不错，就说：“准奏！”依然写一道圣旨。太白金星带着圣旨，又下界招安孙悟空去了。

西游小课堂

为什么要叫“弼马温”？

孙悟空被招上天宫养马，玉帝封了他个“弼马温”。为什么要叫这样一个奇怪的官名呢？

原来，古代有一种传说，说猴子养在马棚里，可以让马不得瘟疫。这个说法当然是迷信，但古代人科学不发达，所以这个说法流传得很广。甚至明代医药学家李时珍在《本草纲目》里还记录了这个说法。

可能由于“弼马温”是“避马瘟”的谐音，所以孙悟空去养马，就养得特别好。不但天马见了他服服帖帖，就是凡间的马见了他也老老实实的。唐僧骑的就是一匹普通的马，初次见面，它就乖乖地跟着孙悟空走。

哪吒的法宝

看到《西游记》里的哪吒，你会发现，好像和你以前看的不一样。

很多动画片、电视剧里演的哪吒，法宝都是火尖枪、风火轮、乾坤圈、混天绫，为什么在这里，这四样法宝一个都没有，而是变成了什么斩妖剑、砍妖刀……呢？

这其实是版本的问题。因为哪吒的故事，流传了一千多年。不同版本的哪吒，使的法宝不一样。火尖枪、风火轮、乾坤圈、混天绫这四样法宝，是一部叫《封神演义》的小说里写的，是《封神演义》版本的哪吒的法宝。而斩妖剑、砍妖刀等是《西游记》这个版本中哪吒的法宝。

其实，《西游记》里的"缚妖索"是用来捆妖怪的，用处相当于"混天绫"；"火轮儿"会喷火，用处相当于"风火轮"，不过只有一个，也没有被踩在脚下。

"绣球儿"是一个很有意思的法宝。据说，哪吒降服了妖怪，就把它的灵魂装到绣球里，用的时候放出来。里面藏着许多妖怪，能帮助哪吒打仗。根据别的版本的哪吒故事，绣球儿里面有“独角逆鳞龙”“八角头陀”“波罗龙”“吞世界鬼”等，只是《西游记》里没放出来。

第六章

猴王搅乱蟠桃宴

太白金星带着圣旨，又下到花果山。孙悟空一听，玉帝真的封他做“齐天大圣”了，还挺高兴，就跟着太白金星上天宫去了。

这回和上次可不一样了，天兵天将见了孙悟空，都抱拳拱手，客客气气，再也不拦他挡他了。玉帝说：“孙悟空，这次封你做‘齐天大圣’，已经没有比你这个官再大的了。以后不要再惹事。”就叫张班、鲁班两位能工巧匠盖了一座齐天大圣府。又赐给他御酒、金花，叫他好好地在府里住着。孙悟空心满意足，欢天喜地地上任去了。

孙悟空哪知道这是哄他。玉帝既然说这是最大的官，他就真以为是最大的官。每个月没他的俸禄，他也没在意，还以为别人都这样。又没有事叫他管，乐得每天自由自在。到这座仙宫坐坐，到那座宝殿玩玩。时间一长，天上的各路神仙，除了太上老君、玉皇大帝这样的大神得客气一下之外，什么九曜星、五方将、二十八宿、四大天王、十二元辰……全都成了他的朋友。他也不管人家地位高低，都和他们认成弟兄。东游西荡，云去云来，他觉得天上再也没有比他逍遥快乐的神仙了。

有一天，玉帝上早朝，许旌阳真人启奏道：“齐天大圣每天无事闲游。天上众星宿，不论高低，都交上了朋友。不如给他件事管管，省得以后闲中生出事来。”玉帝就传旨，叫孙悟空掌管蟠桃园。

孙悟空这回可乐坏了，他当年在须菩提祖师那里学艺，不就是年年去吃桃子吗？他一刻都等不得，就赶紧进园子查看。蟠桃园里有个土地公公，还有一群锄树力士、运水力士、修桃力士、打扫力士，都来磕头，陪着他巡查桃树。

原来这蟠桃园一共三千六百棵桃树，桃花红艳艳、密层层，像朝霞一样。前面一千二百株，三千年成熟一次，人吃了就能得道成仙；中间一千二百株，六千年成熟一次，人吃了就能飞升天界；后面一千二百株，九千年成熟一次，人吃了就能与天地齐寿。桃树中间，还掩映着高高低低的亭台楼阁。孙悟空越看越喜欢，从此每三五天就来一次，也不交友了，也不游玩了。

有一天，他看见后面树上的桃子，已经成熟了一多半。他心里痒痒的，要尝个新，就对土地、力士、随员们说："你们出外等候，我困了，要在这花亭上休息休息。"说着，还故意打呵欠，伸懒腰。

众人退出园子。孙悟空马上脱了齐天大圣的官服，爬上大树，拣那熟透的大桃，摘了一大堆，在树枝上饱饱地吃了一顿。实在吃不动了，才跳下树来，穿上官服，打道回府。从此每隔两三天，就用这个办法偷摘仙桃，每次都吃得肚子鼓鼓的。

桃子一熟，王母娘娘开蟠桃会的时候就到了。这天，王母娘娘派七位仙女顶着花篮，去蟠桃园摘桃。七仙女到了门口，却看见蟠桃园土地、力士等人在那里把门呢。土地说：“众位仙娥，今年不比往年了，玉帝派齐天大圣在这里管事。得报告大圣，才敢开园。”仙女们说：“大圣呢？”土地说：“在园里亭子上睡觉呢。”七仙女说：“那赶紧去找，王母娘娘的命令怎么能耽误！”

土地就领着七仙女进了园子，到花亭上一看，奇怪，只有孙悟空的官服，人不见了。原来孙悟空吃了几个桃子，变成一个两寸长的小人，在一棵大桃树的树叶下面睡着了。

七仙女着急了：“我们奉了王母娘娘的旨意来摘桃。找不到大圣，可怎么办？”旁边齐天大圣府的仙官说：“没关系，仙娥既然是奉旨来的，就先摘桃吧。我家大圣闲游惯了，想是又出园见朋友去了。等他回来，我们替你们回话。”

七仙女就到树下摘桃，摘了一会儿，就觉得不对劲。树上桃子稀稀拉拉的，怎么和往年不一样呢？原来熟的都被孙悟空吃了，只剩几个干巴瘦小的在枝头上。

七仙女摘了两三篮就没得摘了，东张西望，总算在一根树枝上发现个半红半白的桃子。青衣仙女用手扯下树枝

来，红衣仙女摘了，刚往篮里一放，只听嗖的一声，一只猴子跳下地来，吓得七仙女尖叫起来。

原来孙悟空变成小人，就睡在这根树枝上。一被惊醒，立即现了本相，耳朵里掣出金箍棒，大喝一声：“你们是哪里来的妖怪？胆敢偷摘仙桃！”

七仙女吓得跪下说：“大圣息怒。我们不是妖怪，是七仙女。王母娘娘在瑶池开蟠桃会，派我们来摘桃。万望恕罪！”

孙悟空一听，心里想：“蟠桃会？我怎么不知道呢？”就说：“仙娥请起。王母娘娘开阁设宴，都请了谁了？”

七仙女就掰着手指头说起来了，有西天佛祖、菩萨、圣僧、罗汉，南海观音，东华帝君、北极真武大帝、十洲三岛仙翁、黄极黄角大仙、五斗星君、三清、四帝，各路天仙、地仙……所有的神仙，不论大小，都一齐赴蟠桃嘉会。

孙悟空听到最后，也没听到自己的名字，就说：“那么，请我没有？”七仙女说：“没听说。”孙悟空忽然一阵失望，眼珠一转，说：“我是官位最大的齐天大圣，就请我老孙去坐个首席，难道不行？你们先等一等，我老孙去打听个消息，看请我了没有。”

孙悟空念声咒语，对众仙女说：“住，住，住。”这原来是个定身法，把那七仙女定在桃树下，她们一个个瞪着眼，一动都不能动了。

孙悟空就驾着云，跳出蟠桃园，直奔瑶池。忽然看到天边飞来一片五色祥云，一队白鹤。一位神仙驾云来了。

孙悟空迎面一看，原来是赤脚大仙。孙悟空就喊住他：“老道，去哪儿呀？”赤脚大仙说：“王母娘娘邀请，去赴蟠桃会呀。”孙悟空说：“你不知道，今年规矩变了，玉帝要各位先到通明殿，然后再去瑶池赴宴。因为老孙筋斗云快，叫我各路通知大家。”赤脚大仙虽然觉得不对劲，却也没起疑心，嘀咕着：“以往就是在瑶池的，怎么今次改地方了？”没办法，只好转头往通明殿去了。

孙悟空看赤脚大仙走远了，就念声咒语，摇身一变，变成赤脚大仙的模样，直奔瑶池。到了一看，好家伙，真气派呀！到处是仙云缭绕，彩雾缤纷。凤凰盘旋，金花开放，一排排的描金桌，桌上摆着碧玉盘，盘里装的都是叫不上名儿来的珍馐美味。只是酒菜虽然摆放整齐，却还没到时候，一个神仙都没有来。

孙悟空正流口水呢，忽然闻到一阵酒香扑鼻，转头一看，发现右边长廊下，有几个酿酒的仙官、力士，在那里准备瑶池御酒呢。孙悟空的口水更止不住了，要不是那些人在，就冲上去往嘴里灌了。

他灵机一动，使了个法术，拔下几根毫毛，放进嘴里嚼碎，喷出去叫声："变！"变作许多瞌睡虫，爬在众人脸上。再看那伙人，手也软了，头也垂了，眼睛也闭上了，横七竖八地睡了一地。

孙悟空暗想："啊哈，这可好了！"他就把那些美味佳肴拿了一大堆，就着那盛玉液琼浆的酒缸，大吃大喝起来。吃喝了一会儿，酒劲儿上来了，心里想道："不好，不好！再过一会儿，请的客人都来了，把我捉住，可怎么好？快走，快走，回府里睡觉去喽！"

孙悟空喝多了，摇摇摆摆，乱闯乱撞，走了一会儿，就把路走错了。没走到齐天府，却跑到兜率宫来了。

孙悟空抬头一看，心想："嗯，兜率宫？这是三十三天之上，离恨天太上老君住的地方啊！怎么跑到这里来了？也罢，一直想看看这老头儿，一直没空来，正好进去找他玩玩。"

一面想，一面推门闯了进去，谁知里面静悄悄的，一个人都没有。原来太上老君没在宫里，与燃灯古佛在朱陵丹台上讲道呢。众仙童、仙官都在台下听讲。

孙悟空一直找到太上老君炼丹的地方，丹房里也没人，只看见丹炉的火还烧着，炉子旁边放着五个葫芦，葫芦里满满的，都是炼好的金丹。

孙悟空高兴极了："啊哈，太上老君的仙丹，这可是仙家至宝啊！平时谁能见到？吃上一丸，就能长生不老啊。嗯，趁老头儿不在，我吃他几丸尝尝。"他就把葫芦抱起来，把里面的金丹哗啦哗啦地倒出来，大把大把地放在嘴里，嘎嘣嘣，嘎嘣嘣，就都吃了，好像吃炒豆一样。

等金丹吃饱了，孙悟空的酒也醒了，心里咯噔一下：“不好，不好！这场祸，比天还大，要是惊动了玉帝，可不得了。走，走，走！还是下界当我的猴王去喽！”

他就跑出兜率宫，绕到西天门，使个隐身法，逃了出去，那些守门的天兵天将都看不见他。

孙悟空按下云头，回到花果山。小猴们围上来，喊着：“大圣，大圣，怎么丢下我们一百多年，都不回来看看？”孙悟空说：“没多久，才半年。”四健将说：“大圣又忘啦，天上一日就是地下一年啊。”孙悟空说：“这次真的封了齐天大圣。谁知办蟠桃会没有请我。哈哈，我可不等他请，就跑到瑶池，把他那仙肴仙酒，全都偷吃了。又跑到太上老君住处，把他的金丹也偷吃了。怕玉帝怪罪，这才跑回家来啦。”

小猴们就安排酒果接风，盛了满满一碗椰子酒，捧了上来。孙悟空喝了一口，龇牙咧嘴地说：“不好喝！不好喝！”四健将说：“大圣在天宫吃了仙酒仙肴，当然觉得凡间的酒不好喝啦。不过呢，常言道，美不美，乡中水。”孙悟空说："你们就是亲不亲，故乡人。可惜了那些好东西，你们都没尝着。我去偷几瓶回来，你们喝了，一个个也都长生不老！"小猴们听了，又都欢呼起来。

孙悟空就又翻了个筋斗，上了天宫，使个隐身法，来到瑶池一看，那些仙官、仙童都呼呼地睡着，还没醒呢。孙悟空就在腋下夹了两个大酒坛，手里又提了两个酒坛，驾云回到水帘洞，就开了一个"仙酒会"。猴子们喝上了天宫的琼浆美酒，高兴劲儿就别提了。

西游小课堂

太白金星和李白

《西游记》里的太白金星，是个和气又有很多心眼儿的老头儿。他和李天王不一样，只要孙悟空闹出乱子，他就主张“招安”，就是把孙悟空招上天来，封官。

那么，太白金星又是什么神呢？在太阳系中真实存在着水、金、火、木、土五大行星，他就是古代神话中的金星之神。

金星表面有一层厚厚的大气层，能够反射太阳光，所以看起来特别明亮。你早晨向东边的天空望去，或者傍晚向西边的天空望去，离地面不高的地方，有时候会看到一颗明亮的星。那就是金星。当它早晨在东边出现时，就叫

“启明星”；傍晚在西边出现时就叫“长庚星”。所以，《西游记》里，太白金星又叫“李长庚”。

为什么他又姓李呢？这可能和唐代的大诗人李白有关。传说李白的母亲生他的时候，梦见太白金星进入怀里。所以给儿子取名“白”，字“太白”。这个传说的本来意思是李白为太白金星转世。可是李白实在太有名，李白反倒成了太白金星的人间“代言人”，让太白金星姓了“李”了。

在中国，金星之神是个白胡子老头儿。但是在西方，人们觉得金星洁白明亮，非常美丽，所以金星之神是罗马神话中爱与美的女神维纳斯。现在英语里，金星仍然写成“Venus”，就是维纳斯的意思。

王母娘娘

“王母娘娘”是今天民间的称呼，而古书里有另外一个称呼，就是“西王母”。

汉代以前，西王母的样子可不是今天的慈祥老太太。根据《山海经》的记载，西王母住在昆仑山，长得像人

（但不是人），长着一条豹子的尾巴，一口老虎的牙齿，头发是乱蓬蓬的，特别擅长吼叫。她主管的是上天的疾病、瘟疫和刑罚。

这个形象太可怕了。所以当时的中国人，尤其是住在中原地区的人，不喜欢这个形象，就通过各种文学作品美化她。尤其是道教出现之后，更给了她特别高的地位，成为天下女仙的首领。

第七章

花果山大战天兵

孙悟空偷去琼浆美酒，天庭可乱开了锅啦。

王母娘娘正要去蟠桃会，就见七仙女来了。原来七仙女被孙悟空定住后，一天一夜才解开，赶紧来告状，说孙悟空凶恶无礼，偷吃蟠桃。

王母娘娘正在向玉帝说这事，又见瑶池的酿酒仙官来了。原来仙官醒来后，发现瑶池乱成一团糟，赶紧来告状，说有人偷了玉液琼浆，把美味佳肴都吃光了。

玉皇大帝正在惊讶，又见太上老君来了。原来太上老君发现准备做丹元大会的仙丹都不见了，赶紧来告状，说有人闯入兜率宫，偷走了许多九转金丹。

太上老君还没说完，又见齐天大圣府的随从官员来了。

原来他们发现孙悟空当天并没有回府，赶紧来告状，说孙悟空昨天出游之后，就不知去向了。

随从官员还没说完，又见赤脚大仙来了。原来赤脚大仙跑到通明殿，扑了一个空，连个人影都没见着。赶紧来告状，说孙悟空假传圣旨，把他给耍了。

玉皇大帝急忙派纠察灵官查访，仙丹御酒都是谁偷去的。灵官查访了一圈，回来禀报：“查明白了，都是齐天大圣干的。”

玉帝大发脾气，就派托塔李天王挂帅，带着哪吒三太子、四大天王、二十八宿、九曜星、十二元辰、五方揭谛、四值功曹、五岳四渎……共十万天兵，布下天罗地网，下界去花果山，务必要捉拿孙悟空回来治罪。

众神离了天宫，即刻出征。十万天兵下界，黄风滚滚，紫雾腾腾，天昏地暗，黑压压的一大片，向花果山压了下来。

托塔李天王传令，众天兵扎了营，把花果山围得水泄不通，上下布了十八架天罗地网，先派九曜星出战。九曜星来到水帘洞外，见门外有猴子，也有其他小妖，就恶狠狠地叫道：“快去叫你家大王出来投降！”

众小妖慌忙跑进来：“大圣爷爷！大圣爷爷！不好了，不好了！外面有九个凶神，说是上界派来的，要捉拿大圣呢！”

孙悟空正和七十二洞妖王、四健将喝仙酒呢，听了哈哈一笑：“别理他。今朝有酒今朝醉，莫管门前是与非。”

还没说完，又有一帮小妖跳来喊道：“大圣爷爷！大圣爷爷！那九个凶神，嘴里不干不净的，在门前骂战呢！”

孙悟空又哈哈一笑：“别理他。诗酒且图今日乐，功名休问几时成。”

还没说完，又一帮小妖来报：“大圣爷爷！大圣爷爷！那九个凶神已经把门打破，杀进来啦！”

孙悟空大怒：“这泼毛神，我不想理你们，你们怎么上门欺负人？”他就叫独角鬼王领着七十二洞妖王出阵，自己领着四健将随后出来。到了洞口，举起铁棒，使开神通，横扫过去。九曜星虽然凶狠，哪是孙悟空的对手？招架不住，败退了下来。

李天王见了，立即调出四大天王和二十八宿，杀了过来。孙悟空毫不害怕，调出独角鬼王、七十二洞妖王与四健将，迎面厮杀起来。旗帜飞扬，刀枪乱舞，喊杀声震天动地。孙悟空一条如意金箍棒在众天神之中翻来覆去。只打得寒风怪雾，起伏飞腾，兵器相撞，乒乒乓乓，叮叮当当，个个舍生忘死，争先恐后。

这一场，从早晨开始，一直杀到日落西山。独角鬼王和七十二洞妖王都被众天神捉去了，四健将和群猴躲在水帘洞底，不敢出来。孙悟空靠手里的一条棒，挡住了四大天王、李天王和哪吒三太子，他们在半空中升起来，降下去，杀了不知多久，不分胜负。

孙悟空打着打着，见天色已晚，就拔了一把毫毛，嚼碎了喷出去，叫声：“变！”就变成千百个孙悟空，都拿着金箍棒，铺天盖地杀了过来，哪吒三太子他们抵挡不住，纷纷败退。

这一战各有胜负，孙悟空虽然打不退天兵，天兵却也攻不进水帘洞。夜里，孙悟空这边严加守护，李天王那边也密密布防，等待第二天再大战一场。

再说南海观音菩萨接到王母娘娘的邀请，就带着大徒弟惠岸行者来到瑶池。谁知进来一看，有点儿吃惊，会场乱七八糟，来的神仙稀稀拉拉没几个，都在那里窃窃私语，不知出了什么事。见了玉帝才知道，有个妖猴孙悟空，搅乱了蟠桃盛会。

观音菩萨就对惠岸说："你快下界去，到花果山前见你父王，看看战况怎么样了。"

原来惠岸行者是托塔李天王的二儿子，哪吒的二哥，在观音身边修炼，也会使一条铁棍。他驾着云，来到李天王帐中，父子见了面，李天王说："昨天打了两场，第一场，九曜星被他打败了。第二场打了一整天，又被他用分身法打败了。我们只捉了些狼虫虎豹，一个猴子都没捉到。今天还没开战呢。"

父子正在说话，就听有人来报："孙悟空叫战来了！"惠岸说："父王，我去看看！"就提着铁棒，出来高叫："哪个是齐天大圣？我惠岸特来捉你！”

孙悟空大怒：“说什么大话！不要走！吃老孙这一棒！”劈头就打，惠岸使铁棒架住。一条是金箍棒，一条是混铁棍，都是硬碰硬。这边天兵天将，那边猴子猴孙，一齐擂鼓摇旗，呐喊助威。

惠岸虽然是观音菩萨的徒弟，却也不是孙悟空的对手。打了五六十个回合，惠岸就觉得胳膊酸麻，铁棍越来越沉，虚晃了一招，败阵逃走。

李天王见二儿子也败了，更傻了眼，只好写了封求救兵的奏章，叫惠岸带回天庭求助。

玉帝看了奏章，又气又急。人要是急得过了头，反倒会笑出来。玉帝苦笑着说：“这，这，这妖猴有多大的本事，竟打败我十万天兵！这，这，这再去哪里找救兵啊？”

观音菩萨说：“我倒是想起一个人。陛下的外甥二郎神，现在不是在灌江口住吗？他本事不小，手下还有一群弟兄。陛下降一道圣旨，叫他来打孙悟空，一定能取胜。”

玉帝和二郎神原本有些矛盾，彼此并不和睦。二郎神

也不来天宫拜见，但事到临头，也只能请他了。

玉帝的旨意下到灌江口，二郎神就携他的梅山六兄弟：康、张、姚、李四太尉，郭甲、直健二将军，带着神兵，驾着猎鹰，牵着猎犬，搭着弩，张着弓，纵狂风来到花果山，到水帘洞门前叫阵。

孙悟空不知又来了哪路天神，出来一看，却是一位年轻小将，十分清秀。头戴三山帽，身穿鹅黄袍，腰挎一把弹弓，手拿一柄三尖两刃刀。就问道："你是哪里来的小将，敢到此挑战？"二郎神喝道："你有眼无珠，不认得我？我是玉帝外甥二郎真君！来这里捉你这反天宫的弼马温猢狲！"

孙悟空恍然大悟："哦，我想起来了，你就是斧劈桃山的杨二郎！哎呀，我要是骂你几声吧，咱俩无冤无仇；我要是打你一棒吧，可惜了你的性命。你快回去，叫四大天王出来！"

二郎神大怒，一刀砍来。孙悟空举起金箍棒，劈面还击。三尖两刃刀和如意金箍棒都是神兵利器。两个人叮叮当当，打了三百多个回合，不分胜负。

二郎神想：“这猴子果然厉害！看我使个神通！”他抖擞威风，摇身一变，变得身高万丈，清秀的脸蛋也一下子变了，变得青面獠牙，朱红头发，两只手举着三尖两刃神刀，好似一座大山，恶狠狠地朝孙悟空劈头就砍。

孙悟空想：“你会使神通，难道我不会？看我也使个神通！”他也抖擞威风，摇身一变，变得与二郎神身躯一样高，相貌一样凶恶，猴脸也变了，也是青面红发，举起如意金箍棒，好似一条擎天柱，抵住了二郎神。

这两个大显神通，变出顶天立地的巨大法身，小小的花果山都盛不下他俩了，一伸脚，一摆腿，都要地动山摇，天崩地裂。

小猴们哪见过这阵势，吓得手忙脚乱。二郎神的六兄弟一瞧，机会来了！立即带着神兵冲上来，把那些猴子杀得丢盔弃甲，跑的跑，喊的喊，上山的上山，回洞的回洞。

孙悟空正和二郎神在半空中大战，忽然一低头，瞧见自己的孩儿们被冲散，心里发慌，收了巨大的法身，回头就走。二郎神在后面紧紧追赶。

孙悟空跑到水帘洞口，正碰上梅山六兄弟挡路，他们叫道：“泼猴，哪里走！”孙悟空慌了手脚，摇身一变，变作个麻雀，飞在树梢上。六兄弟东张西望，大喊大叫：“咦？妖猴哪里去了？妖猴哪里去了？”

六兄弟正在乱找，二郎神赶到，仔细一看，却看见树上有个麻雀，知道是孙悟空变的。就摇身一变，变作一只老鹰，展开翅膀，扑了上去。

麻雀怕老鹰，孙悟空就嗖地一下飞起来，变成一只大秃鹳，冲天飞走。二郎神见了，一抖翎毛，又一变，变成一只大海鹤，钻上云霄来啄它。

秃鹳怕海鹤，孙悟空又降落下来，跳到山涧里，变成一条鱼，在水里游呀游。二郎神赶下来，找不到孙悟空，心想：“这猴子，一定变成鱼虾什么的，下水去了。等我再变。”摇身一变，变成一只鱼鹰，在下游等着。

孙悟空变的鱼顺水正游，忽然见到水面上有一只水鸟，心里想：“嗯？这只鸟嘛，像苍鹭，羽毛不青；像鹭鸶，顶上没缨；似老鹳，腿又不红——别是二郎神变化的，在那等我吧？”尾巴一拍，打了个水花，转头就往回游。

二郎神变成鱼鹰，正在水面上等着呢，忽然看见一条鱼急急忙忙地往回游，心里想：“嗯？这条鱼嘛，像鲤鱼，尾巴不红；像鳜鱼，没有花鳞；像黑鱼，头上没星；像鲂鱼，鳃上没针——它怎么见了我就回去了？一定是那妖猴变的！”拍拍翅膀赶上来，一嘴啄了下去。

鱼都怕鱼鹰，孙悟空啪的一声跳出水面，摇身一变，变成一条水蛇，嗖嗖嗖，钻进岸边草中。二郎神扭头看见，急忙摇身一变，又变了一只灰鹤，伸着一个长嘴，好像一把尖头铁钳子，来吃这水蛇。

水蛇都怕水鸟，孙悟空跳一跳，又变作一只花鸨，落在河岸上。二郎神就现出原身，取出弹弓，一弹子打了过去，把花鸨打得咕噜噜一溜滚。

孙悟空趁这机会，滚下山崖，趴在那里又变，变了一座小庙：嘴巴变成庙门，牙齿变成门扇，舌头变成菩萨，眼睛变成窗棂。只有猴尾巴没法变，只好竖在后面，变成一根旗杆。

二郎神赶到崖下，没找到那只鸟，只看见一座小庙，仔细看了看，想了想，笑了：“啊哈，天下的庙宇，哪有旗杆竖在后面的？这小庙一定是这猢狲变的！我要是进去，他就一口咬住。哼哼，我才不进去，看我先捣窗棂，后踢门扇！”

孙悟空一听，吓了一跳：“好狠，好狠！门扇是我的牙齿，窗棂是我的眼睛。要是打了牙，捣了眼，那可怎么办！”扑地一跳，又冒在空中不见了。

二郎神急忙驾云到半空中寻找妖猴。托塔李天王擎着照妖镜，四处一照，哈哈笑道：“二郎真君，快去，快去！那猴子使了个隐身法，去灌江口你的庙啦！”二郎神觉得奇怪：“他去我家干什么？”急忙驾云赶来。

孙悟空去二郎神庙干什么呢？他落到庙门前，摇身一变，变成二郎神的模样，走了进去。庙里有值班的判官，一看主人回来了，一个个磕头迎接，把“二郎爷爷”请上宝座。

“二郎爷爷”坐在中间，只见面前堆了满满一桌子东西，都是当地老百姓献的，什么张三献的香火，李四递的文书，王五送的礼单，刘二麻子供的猪头……他就装模作样地查点起来。

正玩得起劲呢，忽听外面有声音喊道：“有个齐天大圣来过这里吗？”正是二郎神的声音。

又听外面的鬼使说：“没有，可是……可是有一个和您一模一样的‘二郎爷爷’，在里面查点呢……”

紧接着，噔噔噔脚步响，又进来一位二郎神。庙里的鬼使、判官大眼瞪小眼，不知道怎么回事。

里面那个“二郎爷爷”哈哈一笑，变成了一只猴子：“二郎神，你的庙宇已姓孙了！”

二郎神气得七窍生烟，举起三尖两刃刀，劈脸就砍。孙悟空举金箍棒挡住，两个人打上云端，打回花果山。梅山六兄弟带着神兵，把孙悟空层层叠叠围困起来。孙悟空以一敌七，虽然没法逃走，二郎神他们却也难以取胜。

再说天宫上，众天神等着着急，都出了南天门，朝下观望。观音菩萨对太上老君说：“你看，二郎神厉害吧？已经围住了妖猴，只是还捉不住他。等我帮他一把。”她就举起手里的杨柳净瓶：“我把这净瓶丢下去，砸那猴子的脑袋一下，好让二郎神捉他。”

太上老君说：“不行不行，你这瓶子是个瓷器，要是打不着他的头，撞着他的铁棒，不就打碎了吗？看我的。”

他就捋起袖子，从胳膊上取下一个亮晶晶的圈子，说：“这件法宝叫‘金钢琢’，是我最厉害的防身法宝。等我丢下去打他一下。”

说完，从南天门上向下一丢，金钢琢滴溜溜地转着圈，朝花果山落了下来。

孙悟空正打呢，哪知道天上掉下来这玩意儿，砰的一声响，打中了脑瓜顶，扑通一声，栽倒在地。刚要爬起来跑，二郎神的细犬扑了上来，照腿肚子咬上一口，又把他扯倒在地。孙悟空气得嘴里直骂：“该死的畜生！”二郎神七兄弟冲上来，七手八脚地把他捆了起来，把他送到天宫见玉帝去。

西游小课堂

九曜星

孙悟空和十万天兵决战，第一场便打败了九曜星，那么，什么是九曜呢？

原来，九曜是九颗星的名字，这九颗星既有天上真实存在的星，也有传说中的星。“曜”是明亮的意思，九曜就是九颗明亮的星。

天上真实存在的与中国古代神话中对应的星有七个：太阳、月亮、金星、木星、水星、火星、土星。

传说中的星有两个：罗睺星、计都星。天上没有，用望远镜也找不到。

九颗星都有星神，如果得罪了他们，就给人降下灾祸，所以书里叫“九个凶神”。

也许，你会问：“这里面怎么还有个金星呢？你不是说金星神就是太白金星吗？怎么他前几天还招安孙悟空，这回又上门打架来了？”

“另外，月亮神不是嫦娥吗？怎么也打上门来了？”

原来，太白金星是我国神话中的星神，而九曜星神是从印度神话中传进中国的。我国民间故事中，太白金星是个老头儿，而印度神话中，掌管金星和月亮的可是另有其人。

各路故事的融合是《西游记》里特别好玩儿的地方。这套书里，我们会讲到许多。你会慢慢知道，一条条的小溪是怎样汇到一起，变成《西游记》这样一条浩浩荡荡的长江的。

哮天犬

二郎神有一条狗，总是会在关键时候放出来攻击敌人。在《宝莲灯》等故事里，这条狗的名字叫“哮天犬”。

不过，狗也有许多种：黑背、拉布拉多、哈士奇……二郎神的狗是什么品种呢？

其实《西游记》里已经说了，这是一条“细犬”。

细犬是专门用来打猎的一种狗，今天仍然有。细犬腰长得细细的，腿也是又细又长，脖子细、嘴尖，这样的体形最适合奔跑，可以打猎的时候放出去追猎物，是猎人们最喜欢的好帮手。

那么，二郎神为什么要养细犬呢？他经常打猎吗？

是的。二郎神除了是当地治水的神之外，还是一位管打猎的神，是猎人的保护神。你看原著里说他接到了玉帝的旨意，就“驾鹰牵犬，搭弩张弓”，来到了花果山。猎鹰、猎犬、弓弩，还有他腰里的弹弓，这都是打猎的标准行头啊！

孙悟空是猴子，他手下也是一群猴子。和他在一起的七十二洞妖王，“猩猩熊鹿、野豕山牛、羚羊青兕（一种大牛）……”都是山里的野兽。这样看来，二郎神是降服孙悟空的最佳人选。派一位猎神来对战，是最合适不过的啦。

二郎神

《西游记》里经常说“灌江口二郎真君”，孙悟空还跑到灌江口二郎神庙里，假变二郎神装模作样。那么，灌江口在哪里？二郎神又为什么住那里呢？

你别看花果山、灵台方寸山都是小说里的地名，唯独这个灌江口可是实实在在的地方，它就在今天四川省岷江旁边的都江堰市。

都江堰是秦国水利专家李冰修建的一座大型水利工程。当时岷江经常发大水，李冰就在这里修建堤坝，开凿水口，把岷江治理得服服帖帖。有了江水的灌溉，成都平原年年丰收。这些工程后来合起来叫“都江堰”。

因为李冰功劳大，当地就流传着许多他的传说。据说他有个二儿子，帮助父亲降妖治水，当地人就给他修了庙。古代管年轻人叫“郎”，就管他叫“李二郎”。他就是当地人特别崇拜的二郎神。

你如果去都江堰旅游，还会在那里看到一座“二王庙”，庙里供的，就是李冰和他的儿子李二郎。

但是，怎么《西游记》里的二郎神又姓杨呢？原来，这是民间传说流传的时候发生的变化。只要人们喜欢的年轻英雄，或者历史上和二郎神有关的人，传来传去，就容易和二郎神混到一起，而这位李二郎就很有名。所以，在不同的民间故事里，这位二郎神有时候姓李，有时候姓杨，有时候还姓赵。

第八章

齐天大圣闹天宫

二郎神把孙悟空捉住，押到天宫。众天神都松了一口气：“这回总算天下太平啦。”

玉帝早就恨得牙痒痒了，立即传下圣旨：“命大力鬼王把孙悟空乱刀砍死，立即行刑！”

大力鬼王得了旨意，把孙悟空押上了斩妖台，绑在降妖柱上。旁边的天兵天将一个个摩拳擦掌：“这回看我们怎么收拾你！”大力鬼王一声令下，天兵天将们围上来，有拿刀砍的，有拿斧剁的，有拿枪刺的，有拿剑割的，谁知无论怎么折腾，孙悟空好像铁打的一样，连一根毫毛都没断。

玉帝又叫南斗火德星君率领火部众神放火来烧。大火轰轰地烧了好一会儿，再看孙悟空，连一根毫毛都没烧焦。

玉帝又派雷部众神用雷来劈，只听斩妖台上轰隆隆，咔嚓嚓，震响连天，闪电一道接一道，再看孙悟空，摇头晃脑的，还像没事人一样，连一根毫毛都没掉。

大力鬼王只好回来启奏："万岁，这猴子不知从哪里学来的护身法，臣等用刀砍斧剁，雷打火烧，怎么也弄不死他，请圣上定夺。"

玉帝一听，没了主意，话都说不利索了："这猴子这么、这么厉害，这可怎么办啊？"

旁边太上老君说："陛下，这猴子吃了蟠桃，偷了御酒仙丹，这些宝物都被他吃下肚去，炼成了金钢之体了，一时半会是杀不了他。不如让贫道领去，放在八卦炉中，用文武火炼他。七七四十九天之后，炼出我的丹来，他也就化为灰烬了。"玉帝一听，觉得也有道理，就叫天兵天将把孙悟空解下，送到太上老君的兜率宫去。

太上老君把孙悟空推到八卦炉里，看炉的道人、烧火

的童子一齐摇着扇子，扇起火来。

孙悟空钻在八卦炉里东瞧西看，发现炉子一圈有八个位置，名字分别叫：乾、坎、艮、震、巽、离、坤、兑。他就把身子钻在巽位。“巽”是风的意思，有风就没有火，但是顺着风刮来的烟太大，把他的眼睛熏得通红通红的。

时间过得真快，一晃就到了七七四十九天。太上老君觉得火候到了，就叫人开炉取丹。

孙悟空双手正捂着眼睛揉呢，忽然听见轰隆隆一阵沉闷的巨响，一道阳光射了进来，呀，八卦炉的盖子打开了！

孙悟空欢叫一声，将身一纵，就从丹炉里跳了出来。朝着丹炉一脚踢了过去，只听轰隆隆一声巨响，巨大的八卦炉被他踢倒了！火砖、火炭四散横飞，丹房里一片火海。

看守丹炉的道人、天将都慌了，一拥而上。孙悟空像疯了一样，来一个，打一个；来两个，打一双，不一会儿，把这些人全都撂倒了。太上老君慌忙赶上来，一把揪住他，孙悟空胳膊一甩，把老头儿甩了个倒栽葱，飞身就走。

他冲出兜率宫，忽然想起金箍棒！对，金箍棒还在耳朵里呢。有了它就什么都不怕！连忙取出来，迎风一晃，依旧碗口粗细，一丈二尺长，抡起来这通打呀，打得满天星斗关门闭户，四大天王无影无踪。偌大一个天宫，只有一个孙悟空横冲直撞，没有一个神仙敢挡。

孙悟空一口气打到灵霄殿外。幸好这儿有位护法大神王灵官守卫。他慌忙抽出金鞭挡住，喝道："妖猴哪里去！"孙悟空不由分说，举棒就打，王灵官挥鞭迎敌。铁棒凶狠，金鞭飞快，两个人在灵霄殿前一场好打。

两个人打了一会儿，不分胜败。又有雷府三十六员雷将听到消息，一窝蜂地赶来助战。雷将们一拥齐上，使刀的，使枪的，使戟的，使大锤的……把孙悟空围在当中，恶狠狠地攻打。

孙悟空丝毫不怕，使一条金箍棒，左遮右挡，东挡西杀，只觉得从来没有打得这么痛快过，好像今天什么都不为，就是为了打架。他越打越高兴，摇身一变，变成三头六臂；把金箍棒晃一晃，变作三条；六只手抡开了三条金箍棒，嗖嗖嗖，唰唰唰，棍和人旋成了一团光。近看好像疯转的风车，远看就像一颗光明灿烂的宝珠！众天兵天将围着这颗滴溜溜乱转的宝珠，喊打喊杀，吵吵嚷嚷，被他牵着东奔西跑，就是拿他无可奈何！

玉皇大帝就坐在灵霄殿里，看孙悟空从炼丹炉里出来变得更加厉害，吓得脸都白了，赶紧传圣旨，叫游奕灵官和翊圣真君上西天灵山大雷音寺，请如来佛祖降伏。

如来佛祖听到消息，就带着阿傩、迦叶两位尊者离了雷音寺，来到天宫外。远远的就听到喊杀声震耳，如来近前，对雷将们说："你们先不要打了，叫那大圣出来，我要问他话。"雷将们就收了兵器。

孙悟空也收了三头六臂，现出原身来，气冲冲地喊道："喂，你是什么人？敢跑来劝架？"

佛祖笑道："我是西方极乐世界释迦牟尼。我听说你反叛天宫，不知你是哪里人，什么时候修炼成仙，为什么这么猖狂？"

孙悟空说：“我嘛，是花果山水帘洞石猴，受名师指点，学会了无边的法术。嫌凡间地儿窄，要到灵霄殿坐坐。俗话说得好：强者为尊。玉帝就该让我，英雄就敢争先！”

佛祖一听，笑道：“哈，你原来想夺玉帝的尊位，你知道他修炼了多少万年，才登上了这个宝座？你呀，还是回去吧，不要折腾得过了头，到时候后悔都来不及，可惜呀可惜！”

孙悟空想了想说：“他虽然修炼的时间长，也不该死赖着不走。常言道，皇帝轮流做，明年到我家嘛。我只要他搬出去，将天宫让给我住。要是不让，我就一直闹下去，不让他日子好过！”

佛祖皱眉说：“你除了长生变化之法，还有什么本事，敢占天宫仙境？”孙悟空说：“我？我的本事多着呢！我有七十二般变化，万劫不老长生，会驾筋斗云，一纵十万八千里。怎么坐不了玉帝的宝座？”佛祖说：“这样吧，你不是会筋斗云吗？我和你打个赌怎么样？你要是有本事，一个筋斗跳出我这右手掌，就算你赢，我就请玉帝到西天我那里住，把天宫让你；要是不能跳出手掌，你还下界当妖怪去吧，再炼几万年，再来争吵。”

孙悟空一听，暗暗发笑：“这如来是个大傻瓜！我老孙一筋斗十万八千里。他那手掌，不到一尺见方，怎么就跳不出去？”

又一想：“嗯？不对，他叫玉帝搬家，难道玉帝就搬？”连忙说：“你这么说，难道做得了玉帝的主？”佛祖笑着说：“做得，做得！”就伸开右手，他这只手还真不小，像一张大荷叶一样。

孙悟空收了金箍棒，将身一纵，轻轻地跳到佛祖手心里，说一声：“我走啦！”一路云光，无影无踪。

孙悟空驾着筋斗云，嗖嗖地一路前进。忽然看见前方有五根又粗又大的肉红柱子，顶上撑着一股青气。心里十分好奇：“这是哪里？我怎么从来没见过？”就停下来细细打量。

他在柱子下面转了几圈，想了想：“啊，对啦，这里一定是天尽头了。这柱子一定是撑天的天柱。我连天尽头都到了，怎么还出不了你的手掌心？哈哈，我回去，有如来作证，灵霄殿就是我坐啦！”

他刚要回去，转念一想：“等等，我得留个记号，哼，省得如来耍赖。”就拔下一根毫毛，吹口仙气，叫：“变！”变作一管蘸满了浓墨的大毛笔，在那中间柱子上写了一行大字：“齐天大圣到此一游。”

写完，收了毫毛。忽然又想撒尿，反正周围没人，就撩起衣服，在第一根柱子根下撒了一泡猴尿。这才驾着筋斗云回来，依然翻到如来手掌里站住。

孙悟空抬头对如来说：“我回来啦，你叫玉帝让天宫给我！”如来骂道：“你这个尿精猴子！你哪里翻出我的手掌心了？”孙悟空说：“哎呀，你是不知道，我已经到了天尽头，看见五根肉红大柱子，撑着一股青气。我在柱子上留了个记号，你敢和我一起去看吗？”

如来说：“不用去，你自己低头看看。”

孙悟空睁圆了火眼金睛，低头一看，咦，原来佛祖右

手中指上写着“齐天大圣到此一游”八个小字。再一闻，大拇指根部，还有些猴尿臊气。

孙悟空吃了一惊：“怎么回事！怎么回事！我明明是把字写在撑天柱子上，怎么跑到他手指上来了？嗯，他会不会有什么未卜先知的法术，自己偷偷写上了？我不信，不信！等我再去看看！”

孙悟空一纵身刚要跳出。如来佛祖翻过手掌，轻轻一扑，就把孙悟空推出西天门外，把五指化作金木水火土五座连起来的大山，名叫“五行山”，轻轻地把他压住。旁边的众天神、尊者齐声喝起彩来。这个在天宫惹了大祸的猴子总算给镇住了！

玉帝见如来制服了妖猴，这才敢从灵霄殿出来，好家伙，这下他可真得威风一回啦。只见他坐着一辆八景鸾舆，打着一顶九光宝盖，吹吹打打，奏的都是仙歌神乐，一路走，一路还撒着花瓣，喷着香烟，来到如来佛祖前道谢：“多谢佛祖用大法力降服了妖猴，请留步，诸位神仙要摆宴席酬谢佛祖。”

如来不便推辞，就跟着玉帝进了天宫。玉帝叫雷部众神分头去请各路神仙赴会，请如来高坐七宝灵台，安排下美味佳肴，御酒蟠桃，满天神仙举杯欢庆，纷纷到佛祖面前献上礼物。众仙女献歌献舞，向佛祖致谢。佛祖说：“今天宴会十分盛大，就叫‘安天大会’，怎么样？”众天神齐声称赞：“好一个安天大会，好一个安天大会。”

大家正喝得开心，忽然有个巡视灵官急慌慌地跑进来报：“陛下，那妖猴从大山底下伸出头来了！”众天神大吃一惊，骚动起来，连佛祖的五行山都压不住孙悟空吗？

如来佛祖不慌不忙，说：“没事，没事。”从袖子里取出一张帖子来，上有六个金字：“唵（ong）嘛（ma）呢（ni）叭（bei）咪（mei）吽（hong）。”递给阿傩，叫他紧紧地贴在山顶石头上。阿傩领命，驾云去贴了。于是这座五行山就像生了根一样，孙悟空只能从一个石洞里伸出头来，再也掀不翻，出不来了。

如来又召来一位土地神，叫他和五方揭谛一起住在山上，看管孙悟空。他要是饿了，就给他铁丸子吃；他要是渴了，就给他熔化的铜汁喝。安排妥当，这才返回西天。

从此，孙悟空就被压在五行山下，苦苦地煎熬，不知什么时候才能出来。也许在遥远的未来，真有一位能救他的人吧。

西游小课堂

何为八卦?

太上老君有一座八卦炉。什么叫“八卦”呢?

八卦其实是古人对八种自然物的称呼，八种自然物是：天、地、水、火、风、雷、山、泽（湖泊沼泽）。

对应的八个符号是：乾为天，坤为地，坎为水，离为火，巽（xùn）为风，震为雷，艮（gèn）为山，兑为泽。这八个符号来源非常古老。现在已经讲不清楚为什么是这八个字了。

但是，既然有这八个符号，就可以用它们来代表方向。比如，可以规定乾代表西北，坤代表西南，离代表正南，坎代表正北……八卦正好对应八个方向。为什么这样对应，也有些道理。比如离是火，而南方是炎热的地方，所以离代表南方；坎是水，水是冷的，而北方是寒冷的地方，所以坎代表北方。其他六个，也有一堆复杂的理由，就不多说了。总之，代表了几千年前古人认识大自然的原始思维。

炼丹炉这么大一个家伙，里面空间很大，所以孙悟空钻在巽位，其实就是钻在炉子的东南位置。后文经常说孙悟空向巽地吸口气，其实就是向东南方向吸口气。用这种原始思维来看：既然巽是风，所以从巽地上吸口气，就能吹出狂风来。

大闹天宫

孙悟空为什么要闹天宫呢？

有人说玉帝“昏庸”，有人说玉帝“糊涂”，但是，并没有人说玉帝“十恶不赦”。那么，孙悟空就是一个暴力分子？动不动就乱打乱杀，破坏秩序？

《西游记》是文学名著，不是思想品德课本。它的目的是“刻画真实的人性”，而不是树一个楷模让我们学习。

你当然可以“不嫌官小”，从喂马开始，慢慢地做本职工作，步步提升。这样努力工作的人，是可爱的。因为这样的人哪里都需要。

但如果你“心高气傲，反出天宫”，同样是可爱的。因为你活出了自己。你的行动，展示的是你真实的内心。你的心灵，容不得半点儿压抑。

孙悟空正是这样，他选择了造反，选择了闹天宫，他挺着金箍棒勇往直前的时候，我们看到的，是他自由的意志！

他为了自由，宁可被抓，被关，被推进炼丹炉，被压在五行山下五百年。这是他的选择。任何人的选择都值得尊重，你可以不认可他的选择，但他的人格却是鲜明而可爱的。他的内心是毫无压抑、光彩照人的。

所以原著用这样一首诗来形容孙悟空，既是形容孙悟空舞起棒来一团光明的样子，也是形容他光明灿烂的内心：

圆陀陀，光灼灼，亘古常存人怎学？入火不能焚，入水何曾溺？光明一颗摩尼珠，剑戟刀枪伤不着。也能善，

也能恶，眼前善恶凭他作。善时成佛与成仙，恶处披毛并带角。无穷变化闹天宫，雷将神兵不可捉。

选择什么，其实并不重要。你遇到不满意的事可以选择“大闹天宫”，也可以选择隐忍服从，但，最关键的是，你内心深处是否真实地正视自己的选择，并且有承受选择后果的勇气。

索引①

原著目录引自:《西游记》李天飞校注，中华书局 2014 年版。

第一册

第二册

第三册

第四册

第五册

第六册